U0452640

名家作品
名师赏析版

季羡林作品学生版

季羡林 — 著
梅晴 — 赏析

长江出版传媒　长江文艺出版社

图书在版编目（CIP）数据

季羡林作品：学生版 / 季羡林著；梅晴赏析. -
武汉：长江文艺出版社，2022.6
　（名家作品. 名师赏析系列）
　ISBN 978-7-5702-2657-3

　Ⅰ. ①季… Ⅱ. ①季… ②梅… Ⅲ. ①散文集－中国
－当代 Ⅳ. ①I267

中国版本图书馆 CIP 数据核字(2022)第 069325 号

季羡林作品：学生版
JI XIANLIN ZUOPIN : XUESHENG BAN

| 责任编辑：梅若冰 | 责任校对：毛季慧 |
| 装帧设计：天行云翼·宋晓亮 | 责任印制：邱 莉　杨 帆 |

出版： 长江出版传媒　长江文艺出版社
地址：武汉市雄楚大街 268 号　　邮编：430070
发行：长江文艺出版社
http://www.cjlap.com
印刷：武汉珞珈山学苑印刷有限公司

开本：640 毫米×970 毫米　1/16　　印张：12.75　　插页：1 页
版次：2022 年 6 月第 1 版　　　　　2022 年 6 月第 1 次印刷
字数：124 千字

定价：25.00 元

版权所有，盗版必究（举报电话：027—87679308　87679310）
（图书出现印装问题，本社负责调换）

唯有自渡，方为真渡

梅 晴

文字，能铺就一条路，让读者走进作者的内心。

阅读，能找到这条路，让读者参悟生活的智慧。

本书为中学生们精选了季羡林先生的部分作品，细分为"漫谈人生""文化与读书""人间万物""故乡与他乡""自在生活"五辑。

同学们请静下心来走在文字铺就的阅读之路上，慢慢进入这些作品，跟随季先生去看一看人世间值得珍惜的人、事、物，去品一品人生中值得回味的情、意、理；请打开身体的各种感官，透过这些文字感受作者丰富的内心世界，读懂作者对这个世界的那份爱恋和关怀，看见他的人生境界。

在这样的阅读之旅中，同学们能睁开心灵的眼睛，学习如何观察世界，从纷繁复杂的生活中筛选值得关注的对象，锻炼自己的逻辑思维能力；编者更盼望同学们能开发大脑的潜能，学习如何思考问题，从平凡质朴的生活现象中获得不平凡的生活启示、生命领悟，获得精神世界的成长！

阅读，能带给人的东西很多，阅读的前方有一个无比宽广的世界。然而，每个人的阅读质量是不一样的。阅读质量和阅读者的心境、习惯、方法、思维方式、文化底蕴、生活阅历等多方面因素相关。对于中学生而言，最重要的莫过于阅读心境的修炼、阅读习惯的养成、阅读思维的建立。读懂这本书，或许可以帮助同学们提升这些阅读素养。

能否读懂，取决于是否会读。如何读懂这本书、用好这本书，充分吸收其中的营养呢？

先说说每一篇。

如何读懂这本书中的每一篇？同学们首先要明确阅读的任务，在阅读中思考：作者说了哪些话？作者为什么说这些话？换言之，就是弄清楚作品的内容和作者的写作意图。同学们不妨安排这样一个流程：读大意、读脉络、读主旨、读意图。通过这四步完成对作品的解读。

读大意，是为了了解作品的大致内容和结构。此时获得的信息是碎片化的，虽只是初步印象，但读者能领会作者在关注什么问题、要表达什么想法，为进一步阅读做好准备。

读脉络，是为了掌握作品的各部分内容之间的逻辑联系。这一步是解读文本过程中最重要的一步。通过细读文本，同学们需要逐步弄清楚句与句、句与段、段与段、段与篇、篇与标题之间的关系，从而获得对文本的进一步认知，如段落大意的提炼、段落组合的理由、文章成篇的思路。读到这里，读者的阅读感受仿佛庖丁解牛，能将全文内容和结构熟练于心。读脉络，方能读出作品的全貌。

读主旨，是为了掌握作者的表达核心。寻找主旨的过程，就是不断在主要信息和次要信息间甄别筛选的过程，直至找到作者要说的主要意思。一篇文章，最后能概括成一句话，阅读内容的任务就完成了。

读意图，是为了了解作品存在的意义，如作品的社会价值、时代价值、文化价值等。作者对人世间万事万物的看法、对小小生命给予的启迪、对至亲好友的追念中蕴蓄的深情、对人生意义的思索和探寻、对生命与生命如何自处和相处的领悟……作者对世界的深情注视、对生命的热忱关爱，全都承载于文字中。借用这一篇又一篇文本，作者传达的是他对生活的理解、他对世界的看法、他的人生态度……这些都能带给同学们足够的精神营养。

季先生的文章，从文字到思想，值得用这样的解读过程去精读。他讲道理，平易近人，深入浅出，逻辑清晰，层层推进；他讲故事，文字简约，风轻云淡，蕴藏情理，回味无穷。读这些文字，如同听一位长者娓娓道来，如沐春风；又如同看一位智者信手点拨，豁然开朗。静下心来，一步步探入文本深处，才能读懂这位长者；思考咀嚼，一层层进入作者内心，才能读懂这位智者。

再说说每一组。

本书将四十余篇文章细分为五辑，形成了五个类别，也自然构成了五个议题。读完每一篇之后，回看每一组文章，同学们会有怎样的认知？此时，特别需要重新观察这一组文章，做更加深入的思考。如何观察和思考？同学们可以尝试从以下角度入手。

观异同。同学们可以将每一个专辑的小标题看作是这一组文章涉及的生活内容，基于相同的生活内容来观察这一组文章的相似之处和不同之处。如第一辑"漫谈人生"，几篇文章的内容都与对人生的思考有关，但写作内容有何不同？所表达的观点有何不同？写作角度有何不同？这些谈人生的文章里，作者对人生的不同思考中共同点是什么？有着怎样一致的人生观？……这样的思考既是对文本内容和形式的认知，也是对作者关于一个问题的基本观点的整合认知。

思关联。同学们可以将每一个专辑的小标题看作是一个生活领域，基于相同的领域来看作者如何观察世界并获得领悟。如第三辑"人间万物"，作者笔下那些平凡的植物蕴蓄着如此美好的精神气质，那些与人类生活在一起的小动物绽放着生命的美好……这些都是作者对生命本质的领悟，可是这样的关联是如何产生的？探究这份领悟源自何处的过程，便是我们与世间万物用心相处，与我们的内心和解的过程。当我们学会看世间万物应抱持何种心境时，我们的笔端才能流淌出与心境相应的文字。

同参议。同学们还可以将每一个专辑的小标题看作是一个议题，每个议题下的几篇文章是对这个议题的展开，或角度不同，或观点不同，或行文方式不同……正是诸多不同，让读者对这个议题有了多角度、多层面的认知，于是形成了对这个议题更清晰的认知，形成自己的观点，甚至有了表达的欲望，愿意参与到议题的思考和讨论中，于是，作文诞生了。因阅读而带动思考，因思考而完成写作，这是自主阅读、自主思考、自主表达的最自然的方式！

群文阅读的方式还有很多，同学们感兴趣的是哪一方面，哪个方面就是你深入探究的起点。随你的兴趣点去阅读，才会有思考和发现；感受到阅读的快乐，才能实现真正的"悦读"。

最后说整本书。

其实，整本书的阅读，就是按上面的阅读流程一点点读下来的。有了老老实实的读和思的过程，整本书就不是一座大山，而是文字铺就的一条道路，通向作品的核心，通向作者的内心，通向生活的中心……

通过读懂一本书，去读懂一个作家；通过读懂一本作品集，去了解一位作家的思想；通过读懂这些作品，去读懂生活给我们的诸多启示；通过读懂一本书，去学会观察和表达生活的各种方式……整本书阅读的目的也就达到了。

也许，你还会去找这位作家的传记来读，那是为了辅助自己进一步读懂作品；也许，你还会去找这位作家的相关作品继续阅读，那是为了进一步读懂作家。自主权在你的手里。因为，你已经走上了文字为你铺就的自主阅读的道路。

人们常说：阅读，可以渡人。诚然如此。但是，阅读过程，却是读者的自渡。

大家都说读整本书很难，大家都说自主读书、自主思考很难。难就难在，阅读这件事，终究是孤独而艰苦的，因为伴随观察和思考，有时苦苦探寻才能得其要领。王国维所说的读书三境界，其实就是读书人自渡的过程。走在自主阅读和领悟的过程中，才能完成人生的自渡。

希望，你能运用从阅读这本书的过程中修炼的阅读心境、学会的阅读方式、建立起的阅读思维去读天下书！

那么,你便也能完成人生的自渡。

因为,这人世间,唯有自渡,方为真渡。

目 录

第一辑 漫谈人生

- 003 人 生
- 006 再谈人生
- 009 人生的意义与价值
- 012 做人与处世
- 016 容 忍
- 019 成 功
- 022 知足知不足
- 025 有为有不为

第二辑 文化与读书

- 031 略说中国传统文化及其特点
- 037 21世纪：东方文化的时代
- 043 我们要奉行"送去主义"
- 049 "天下第一好事，还是读书"
- 052 对我影响最大的几本书
- 056 朱光潜先生的为人与为学
- 062 我记忆中的老舍先生
- 068 我的朋友臧克家

第三辑 人间万物

- 073 枸杞树
- 079 马缨花
- 085 槐 花
- 088 从南极带来的植物
- 094 清塘荷韵
- 101 喜鹊窝
- 109 一条老狗
- 118 咪 咪
- 124 火车上观日出

128 晨 趣

第四辑 故乡与他乡

133 月是故乡明

137 官庄记行

142 春满燕园

147 清华颂

150 火焰山下

156 我爱北京的小胡同

161 西双版纳礼赞

第五辑 自在生活

169 我的家

174 寻 梦

178 回 忆

183 园花寂寞红

187 老少之间

190 当时只道是寻常

第一辑

漫谈人生

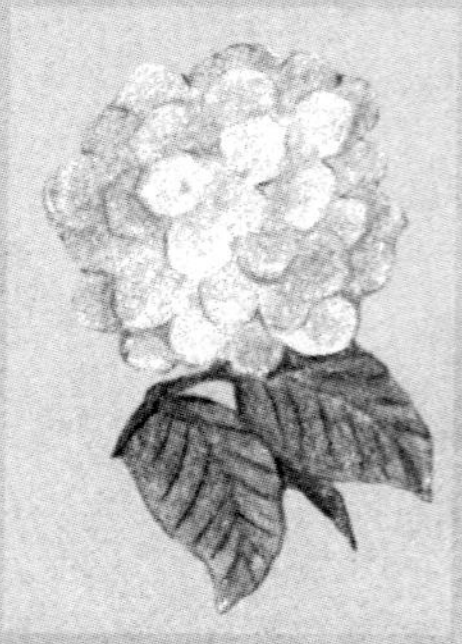

人 生

在一个"人生漫谈"的专栏中,首先谈一谈人生,似乎是理所当然的,未可厚非的。

而且我认为,对于我来说,这个题目也并不难写。我已经到了望九之年,在人生中已经滚了八十多个春秋了。一天天面对人生,时时刻刻面对人生,让我这样一个世故老人来谈人生,还有什么困难呢?岂不是易如反掌吗?

但是,稍微进一步一琢磨,立即出了疑问:什么叫人生呢?我并不清楚。

不但我不清楚,我看芸芸众生中也没有哪一个人真清楚的。古今中外的哲学家谈人生者众矣。什么人生意义,又是什么人生的价值,花样繁多,扑朔迷离,令人眼花缭乱;然而他们说了些什么呢?恐怕连他们自己也是越谈越糊涂。以己之昏昏,焉能使人昭昭!

哲学家的哲学,至矣高矣。但是,恕我大不敬,他们的哲学同吾辈凡人不搭界,让这些哲学,连同它们的"家",坐在神圣的殿堂里去独现辉煌吧!像我这样一个凡人,吃饱了饭没事儿的时候,有时也会想到人生问题。我觉得,我们"人"的"生",都绝对是被动的。没有哪一个人能先制订一个诞生计划,然后再下生，一步步让计划实现。只有一个人是例外，他就是佛祖释迦牟尼。他住在天上，忽然想降生人寰，超度众生。先考虑要降生的国家，再考虑要降生的父母。考虑周详之后，才从容下降。但他是佛祖，不是吾辈凡人。

吾辈凡人的诞生，无一例外，都是被动的，一点主动也没有。我们糊里糊涂地降生，糊里糊涂地成长，有时也会糊里糊涂地夭折，当然也会糊里糊涂地寿登耄耋，像我这样。

生的对立面是死。对于死，我们也基本上是被动的。我们只有那么一点主动权，那就是自杀。但是，这点主动权却是不能随便使用的。除非万不得已，是决不能使用的。

我在上面讲了那么些被动，那么些糊里糊涂，是不是我个人真正欣赏这一套，赞扬这一套呢？否，否，我决不欣赏和赞扬。我只是说了一点实话而已。

正相反，我倒是觉得，我们在被动中，在糊里糊涂中，还是能够有所作为的。我劝人们不妨在吃饱了燕窝鱼翅之后，或者在吃糠咽菜之后，或者在卡拉OK、高尔夫之后，问一问自己：你为什么活着？活着难道就是为了恣睢的享受吗？难道就是为了忍饥受寒吗？问了这些简单的问题之后，会使你头脑清醒一点，会减少一些糊涂。谓予不信，请尝试之。

一九九六年十一月九日

名师赏析

　　季羡林先生曾亲自授权、审定、出版过一部散文集,名为《季羡林谈人生》,汇集了他20世纪90年代后期到新世纪初谈人生问题的美文,也是他在望九之年发出的人生感悟。谈人生,往往会有很多空洞的套话、激情洋溢的口号,然而,季先生却能以最真诚的态度和读者说大"实话",让人感受到一代大师内心可贵的诚挚——这是时代的稀缺品。面对"人生"这个大话题,作者不仅没有贸然倚老卖老、以导师自居,而且谦虚地表白自己也并不清楚"什么叫人生",甚至连哲学家所谈也难以让世人清楚明白——他真的有点像《皇帝的新装》里的小男孩。他的清醒和诚挚,让世人能诚实面对人生,开始思考他提出的最有价值的思考题"人为什么活着"。小问题中蕴藏大智慧!作者所言人的"生""死"之被动,并不是为了说明人生的糊涂,恰恰是为了说明生而为人的价值正是要主动积极地突破这份糊涂,才能弄清楚人生的意义。其前提是,人必须走出物欲的限制,拥有精神的独立!摆脱了日复一日的浑浑噩噩,才能有所作为。

再谈人生

　　人生这样一个变化莫测的万花筒,用千把字来谈,是谈不清楚的。所以来一个"再谈"。
　　这一回我想集中谈一下人性的问题。
　　大家知道,中国哲学史上,有一个不大不小的争论问题:人是性善,还是性恶?这两个提法都源于儒家。孟子主性善,而荀子主性恶。争论了几千年,也没有争论出一个名堂来。
　　记得鲁迅先生说过:"人的本性是,一要生存,二要温饱,三要发展。"(记错了,由我负责)这同中国古代一句有名的话,精神完全是一致的:"食色,性也。"食是为了解决生存和温饱的问题,色是为了解决发展问题,也就是所谓传宗接代。
　　我看,这不仅仅是人的本性,而且是一切动植物的本性。试放眼观看大千世界,林林总总,哪一个动植物不具备上述三个本能?动物姑且不谈,只拿距离人类更远的植物来说,"桃李无言",它们不但不能行动,连发声也发不出来。然而,它们求生存和发展的欲望,却表现得淋漓尽致。桃李等结甜果子的植物,为什么结甜果子呢?无非是想让人和其他能行动的动物吃了甜果子把核带到远的或近的其他地方,落在地上,生入土中,能发芽、开花、结果,达到发展,即传宗接代的目的。

你再观察，一棵小草或其他植物，生在石头缝中，或者甚至压在石头块下，缺水少光，但是它们却以令人震惊得目瞪口呆的毅力，冲破了身上的重压，弯弯曲曲地、忍辱负重地长了出来，由细弱变为强硬，由一根细苗甚至变成一棵大树，再作为一个独立体，继续顽强地实现那三种本性。"下自成蹊"，就是"无言"的结果吧。

你还可以观察，世界上任何动植物，如果放纵地任其发挥自己的本性，则在不太长的时间内，哪一种动植物也能长满塞满我们生存的这一个小小的星球地球。那些已绝种或现在濒临绝种的动植物，属于另一个范畴，另有其原因，我以后还会谈到。

那么，为什么到现在还没有哪一种动植物——包括万物之灵的人类在内——能塞满了地球呢？

在这里，我要引老子的话："天地不仁，以万物为刍狗。"是造化小儿——谁也不知道，他究竟有没有？他究竟是什么样子？我不信什么上帝，什么天老爷，什么大梵天，宇宙间没有他们存在的地方。

但是，冥冥中似乎应该有这一类的东西，是他或它巧妙计算，不让动植物的本性光合得逞。

一九九六年十一月十二日

名师赏析

　　关于人生这个大的话题，季先生选取了一个特殊的角度——人性。谈人生，首先得了解人性。作者最关心的问题并非人性初原的善恶，而是人性的本质——一要生存，二要温饱，三要发展。他的看法出于中国传统的人性论——"食色，性也"，用鲁迅的话做了最好的概括。为此，作者举了"桃李不言，下自成蹊"的例子，表面上是在说：就本性而言，人和动植物是一样的；实际上是在说："无言"奋斗，力求发展，方能"下自成蹊"。这个例子很形象地提示着人类学会了解自己的本性。有了对人性的正确认知，那么如何把握人性呢？语意转入这一层后，作者提出了一个概念——"造化小儿"，指出人性是需要规范的。造化能遏止各种动植物生存本能的手段，使世界归于秩序；对于人类，他赋予的则是思想和良知，帮助人类控制自己的本性，不致危害社会和他人。这也正是人类的优势！

人生的意义与价值

当我还是一个青年大学生的时候,报刊上曾刮起一阵讨论人生的意义与价值的微风,文章写了一些,议论也发表了一通。我看过一些文章,但自己并没有参加进去。原因是,有的文章不知所云,我看不懂。更重要的是,我认为这种讨论本身就无意义,无价值,不如实实在在地干几件事好。

时光流逝,一转眼,自己已经到了望九之年,活得远远超过了我的预算。有人认为长寿是福,我看也不尽然。人活得太久了,对人生的种种相,众生的种种相,看得透透彻彻,反而鼓舞时少,叹息时多。远不如早一点离开人世这个是非之地,落一个耳根清净。

那么,长寿就一点好处都没有吗?也不是的。这对了解人生的意义与价值,会有一些好处的。

根据我个人的观察,对世界上绝大多数人来说,人生一无意义,二无价值。他们也从来不考虑这样的哲学问题。走运时,手里攥满了钞票,白天两顿美食城,晚上一趟卡拉OK,玩一点小权术,耍一点小聪明,甚至恣睢骄横,飞扬跋扈,昏昏沉沉,浑浑噩噩,等到钻入了骨灰盒,也不明白自己为什么活过一生。

其中不走运的则穷困潦倒,终日为衣食奔波,愁眉苦脸,长吁短叹。即使日子还能过得去的，不愁衣食，能够温饱，然而也终日忙忙碌碌，被困于名缰，被缚于利索。同样是昏昏沉沉，浑浑噩噩，不知道为什么活过一生。

对这样的芸芸众生，人生的意义与价值从何处谈起呢？

我自己也属于芸芸众生之列，也难免浑浑噩噩，并不比任何人高一丝一毫。如果想勉强找一点区别的话，那也是有的：我，当然还有一些别的人，对人生有过一些想法，动过一点脑筋，而且自认这些想法是有点道理的。

我有些什么想法呢？话要说得远一点。当今世界上战火纷飞，人欲横流，"黄钟毁弃，瓦釜雷鸣"，是一个十分不安定的时代。但是，对于人类的前途，我始终是一个乐观主义者。我相信，不管还要经过多少艰难曲折，不管还要经历多少时间，人类总会越变越好的，人类大同之域绝不会仅仅是一个空洞的理想。但是，想要达到这个目的，必须经过无数代人的共同努力。有如接力赛，每一代人都有自己的一段路程要跑。又如一条链子，是由许多环组成的，每一环从本身来看，只不过是微不足道的一点东西；但是没有这一点东西，链子就组不成。在人类社会发展的长河中，我们每一代人都有自己的任务，而且是绝非可有可无的。如果说人生有意义与价值的话，其意义与价值就在这里。

但是，这个道理在人类社会中只有少数有识之士才能理解。鲁迅先生所称之"中国的脊梁"，指的就是这种人。对于那些肚子里吃满了肯德基、麦当劳、比萨饼，到头来终不过是浑浑噩噩的人来说，有如夏虫不足以与语冰，这些道理是没法谈的。他们无法理解自己对人类发展所应当承担的责任。

话说到这里，我想把上面说的意思简短扼要地归纳一下：如果人生真有意义与价值的话，其意义与价值就在于对人类发展的承上启下，承前启后的责任感。

一九九五年

名师赏析

此文写作时间早于前两篇，对人生意义的思考其实一直渗透在作者的生命里。作者用最朴质的话语道出了人生的意义与价值：每一代人、每一个人"对人类发展的承上启下，承前启后的责任感"，这境界已远超芸芸众生。人应该站在怎样的高度去看人生？人应该将自己定位在国家、民族、社会、时代的什么位置去实现人生价值？作者用此文给了读者最好的答案。关于"链子"的比喻，非常形象地说明了每一代人在人类发展长河中的重要，给每个人的人生定位以最好启示！这些道理，实话实说，令人振奋！比如："更重要的是，我认为这种讨论本身就无意义，无价值，不如实实在在地干几件事好。"——做实事比高谈阔论更有价值！又如："对世界上绝大多数人来说，人生一无意义，二无价值。"——物欲横流、名利牵绊的人生注定浑浑噩噩！这些道理，出于真诚，自然服人！面对动荡不安的时代，作者仍能保持对人类未来的乐观、对大同理想的向往。如此格局，令人敬重！

做人与处世

一个人活在世界上，必须处理好三个关系：第一，人与大自然的关系；第二，人与人的关系，包括家庭关系在内；第三，个人心中思想与感情矛盾与平衡的关系。这三个关系，如果能处理得好，生活就能愉快；否则，生活就有苦恼。

人本来也是属于大自然范畴的。但是，人自从变成了"万物之灵"以后，就同大自然闹起独立来，有时竟成了大自然的对立面。人类的衣食住行所有的资料都取自大自然，我们向大自然索取是不可避免的。关键是怎样去索取？索取手段不出两途：一用和平手段，一用强制手段。我个人认为，东西文化之分野，就在这里。西方对待大自然的基本态度或指导思想是"征服自然"，用一句现成的套话来说，就是用处理敌我矛盾的方法来处理人与大自然的关系。结果呢，从表面上看上去，西方人是胜利了，大自然真的被他们征服了。自从西方产业革命以后，西方人屡创奇迹。楼上楼下，电灯电话。大至宇宙飞船，小至原子，无一不出自西方"征服者"之手。

然而，大自然的容忍是有限度的，它是能报复的，它是能惩罚的。报复或惩罚的结果，人皆见之，比如环境污染，生态失衡，臭氧层出洞，物种灭绝，人口爆炸，淡水资源匮乏，新疾病产生，如此等等，不一而足。这些弊端中哪一项不解决都能影响人类生存的前途。我并非危言耸听，现在全世界人民和政府都高呼环保，并采取措施。古人说："失之东隅，收之桑榆。"犹未为晚。

中国或者东方对待大自然的态度或哲学基础是"天人合一"。宋人张载说得最简明扼要："民吾同胞，物吾与也。""与"的意思是伙伴。我们把大自然看作伙伴。可惜我们的行为没能跟上。在某种程度上，也采取了"征服自然"的办法，结果也受到了大自然的报复，前不久南北的大洪水不是很能发人深省吗？至于人与人的关系，我的想法是：对待一切善良的人，不管是家属，还是朋友，都应该有一个两字箴言：一曰真，二曰忍。真者，以真情实意相待，不允许弄虚作假。对待坏人，则另当别论。忍者，相互容忍也。日子久了，难免有点磕磕碰碰。在这时候，头脑清醒的一方应该能够容忍。如果双方都不冷静，必致因小失大，后果不堪设想。唐朝张公艺的"百忍"是历史上有名的例子。

至于个人心中思想感情的矛盾，则多半起于私心杂念。解之之方，唯有消灭私心，学习诸葛亮的"淡泊以明志，宁静以致远"，庶几近之。

一九九八年十一月十七日

名师赏析

　　像这样语意清晰、语言简练的文章，如今已很难见到了！作者开宗明义，提出做人与处世的主要任务，处理好三种关系：人与大自然、人与人、个人心中思想与感情矛盾与平衡；随后分别论述了自己对三种关系的理解。提出正确的处理方式：把大自然当作伙伴；与人真诚相待，互相容忍；消灭私心，本真做人。文章的大量篇幅给了如何处理人与大自然的关系，体现着作者对这个问题的重视。正因为人的生存依赖于大自然，所以对大自然索取的方式关系到人与大自然的和谐相处。作者将东西方文化对于大自然的态度差异做了对比：西方"征服大自然"的方式虽然带来了科技的进步，然而也带来了大自然的报复；而东方"民胞物与"的方式中包含的"天人合一"的思想也没有在行为中落实，也遭到了大自然的报复。本文明确指出，人类若放纵本性，试图征服大自然，便会招致大自然的报复；若是消灭私心，控制本性，将大自然视作伙伴，才能和大自然平等相处。这观点虽发表于上个世纪末，然而在经历了新冠疫情的今天读来仍觉心惊！这也正是经典的魅力！

癸未八十三歲白畫

容　忍

人处在家庭和社会中，有时候恐怕需要讲点容忍的。

唐朝有一个姓张的大官，家庭和睦，美名远扬，一直传到了皇帝的耳中。皇帝赞美他治家有道，问他道在何处，他一气写了一百个"忍"字。这说得非常清楚：家庭中要互相容忍，才能和睦。这个故事非常有名。在旧社会，新年贴春联，只要门楣上写着"百忍家声"就知道这一家一定姓张。中国姓张的全以祖先的容忍为荣了。

但是容忍也并不容易。1935年，我乘西伯利亚铁路的车经苏联赴德国，车过中苏边界上的满洲里，停车四小时，由苏联海关检查行李。这是无可厚非的，入国必须检查，这是世界公例。但是，当时的苏联大概认为，我们这一帮人，从一个资本主义国家到另一个资本主义国家，恐怕没有好人，必须严查，以防万一。检查其他行李，我绝无意见。但是，在哈尔滨买的一把最粗糙的铁皮壶，却成了被检查的首要对象。这里敲敲，那里敲敲，薄薄的一层铁皮绝藏不下一颗炸弹的，然而他却敲打不止。我真有点无法容忍，想要发火。我身旁有一位年老的老外，是与我们同车的，看到我的神态，在我耳旁悄悄地说了句：Patience is the great virtue（容忍是很大的美德）。我对他微笑，表示致谢。我立即心平气和，天下太平。

看来容忍确是一件好事，甚至是一种美德。但是，我认为，也必须有一个界限。我们到了德国以后，就碰到这个问题。旧时欧洲流行决斗之风，谁污辱了谁，特别是谁的女情人，被污辱者一定要提出决斗，或用手枪，或用剑。普希金就是在决斗中被枪打死的。我们到了的时候，此风已息，但仍发生。我们几个中国留学生相约：如果外国人污辱了我们自身，我们要揣度形势，主要要容忍，以东方的恕道克制自己。但是，如果他们污辱我们的国家，则无论如何也要同他们玩儿命，绝不容忍。这就是我们容忍的界限。幸亏这样的事情没有发生，否则我就活不到今天在这里舞笔弄墨了。

现在我们中国人的容忍水平，看了真让人气短。在公共汽车上，挤挤碰碰是常见的现象。如果碰了或者踩了别人，连忙说一声："对不起！"就能够化干戈为玉帛，然而有不少人连"对不起"都不会说了。于是就相吵相骂，甚至于扭打，甚至打得头破血流。我们这个伟大的民族怎么竟变成了这个样子！我在自己心中暗暗祝愿：容忍兮，归来！

一九九六年十二月十七日

名师赏析

"文章合为时而著。"面对部分人不懂"容忍"、甚至连

"对不起"都不会说的现状,作者在心中暗暗祝愿:容忍兮,归来!围绕中心观点"人处在家庭和社会中,有时候恐怕需要讲点容忍的",作者谈了三个方面的内容:互相容忍才能家庭和睦;容忍并不容易;容忍是美德,但必须有界限。作者由家谈到社会,逐渐拓宽其范围;从提出观念到谈实际做法,慢慢挖掘其内涵,很有思想深度。世间万事,行动上落实远比嘴上说说难,作者用自己的亲身经历印证了这一点。特别是关于"界限"的问题,体现着作者做人处世的原则,也彰显了作者的襟怀和智慧,其间蕴含着对祖国的满腔热爱。道理平实真挚,做法切实可行,所以季先生的文字能引人向善向好!这样去呼唤"容忍"的归来,好过任何一种人生说教。

成　功

什么叫成功？顺手拿来一本《现代汉语词典》，上面写道："成功：获得预期的结果。"言简意赅，明白之至。

但是，谈到"预期"，则错综复杂，纷纭混乱。人人每时每刻每日每月都有大小不同的预期，有的成功，有的失败，总之是无法界定，也无法分类，我们不去谈它。

我在这里只谈成功，特别是成功之道。这又是一个极大的题目，我却只是小做。积七八十年之经验，我得到了下面这个公式：

天资＋勤奋＋机遇＝成功

"天资"，我本来想用"天才"；但天才是个稀见现象，其中不少是"偏才"，所以我弃而不用，改用"天资"，大家一看就明白。这个公式实在是过分简单化了，但其中的含义是清楚的。搞得太烦琐，反而不容易说清楚。

谈到天资，首先必须承认，人与人之间天资是不相同的，这是一个事实，谁也否定不掉。"十年浩劫"中，自命天才的人居然号召大批天才，葫芦里卖的是什么药，至今不解。到了今天，学术界和文艺界自命天才的人颇不稀见，我除了羡慕这些人"自我感觉过分良好"外，不敢赞一词。对于自己的天资，我看，还是客观一点好，实事求是一点好。

至于勤奋，一向为古人所赞扬。囊萤、映雪、悬梁、刺股等故事流传了千百年，家喻户晓。韩文公的"焚膏油以继晷，恒兀兀以穷年"，更为读书人所向往。如果不勤奋，则天资再高也毫无用处。事理至明，无待饶舌。

谈到机遇，往往为人所忽视。它其实是存在的，而且有时候影响极大。就以我自己为例，如果清华不派我到德国去留学，则我的一生完全不会像现在这个样子。

把成功的三个条件拿来分析一下，天资是由"天"来决定的，我们无能为力。机遇是不期而来的，我们也无能为力。只有勤奋一项完全是我们自己决定的，我们必须在这一项上狠下功夫。在这里，古人的教导也多得很。还是先举韩文公。他说："业精于勤荒于嬉，行成于思毁于随。"这两句话是大家都熟悉的。

王静安在《人间词话》中说："古今之成大事业大学问者必经过三种之境界。'昨夜西风凋碧树，独上高楼，望尽天涯路'。此第一境也。'衣带渐宽终不悔，为伊消得人憔悴'。此第二境也。'众里寻他千百度，回头蓦见，那人正在，灯火阑珊处'。此第三境也。"静安先生第一境写的是预期。第二境写的是勤奋。第三境写的是成功。其中没有写天资和机遇。我不敢说，这是他的疏漏，因为写的角度不同。但是，我认为，补上天资与机遇，似更为全面。我希望，大家都能拿出"衣带渐宽终不悔"的精神来从事做学问或干事业，这是成功的必由之路。

二〇〇〇年一月七日

名师赏析

当今时代，世俗观念对"成功"的理解已近畸形。在季先生这篇文章里，"成功"的本质很清晰，成功之"道"很朴素。此文名为"成功"，实际上谈的是"成功之道"，作者希望通过对成功之道的解析，期盼人们能用"衣带渐宽终不悔，为伊消得人憔悴"的勤奋态度走好眼前的路。开篇，作者就为"成功"正名——获得预期的结果，"言简意赅，明白之至"的八字评价让人抛却所有误解。"成功之道"也是个很大的题，作者化大为小，用自己七八十年的人生经验总结了一个公式：天资＋勤奋＋机遇＝成功。这三个条件中，作者特别偏向于"勤奋"，因为只有"勤奋"是自己可以掌握的，进一步强调了自身努力对于成功的重要性，点明勤奋才是成功的"必由之路"。细品文中关于"预期"的内涵之析、"天才"与"天资"之辨、王静安三境之品，你会深刻感受到作者写作用语的严谨和审慎！

知足知不足

曾见冰心老人为别人题座右铭:"知足知不足,有为有不为。"言简意赅,寻味无穷。特写短文两篇,稍加诠释。先讲知足知不足。

中国有一句老话:"知足常乐。"为大家所遵奉。什么叫"知足"呢?还是先查一下字典吧。《现代汉语词典》说:"知足:满足于已经得到的(指生活、愿望等)。"如果每个人都能满足于已经得到的东西,则社会必能安定,天下必能太平,这个道理是显而易见的。可是社会上总会有一些人不安分守己,癞蛤蟆想吃天鹅肉。这样的人往往要栽大跟头的。对他们来说,"知足常乐"这句话就成了灵丹妙药。

但是,知足或者不知足也要分场合的。在旧社会,穷人吃草根树皮,阔人吃燕窝鱼翅。在这样的场合下,你劝穷人知足,能劝得动吗?正相反,应当鼓励他们不能知足,要起来斗争。这样的不知足是正当的,是有重大意义的,它能伸张社会正义,能推动人类社会前进。

除了场合以外,知足还有一个分的问题。什么叫分?笼统言之,就是适当的限度。人们常说的"安分""非分"等,指的就是限度。这个限度也是极难掌握的,是因人而异、因地而异的。勉强找一个标准的话,那就是"约定俗成"。我想,冰心老人之所以写这一句话,其意不过是劝人少存非分之想而已。至于知不足,在汉文中虽然字面上相同,其含义则有差别。

这里所谓"不足",指的是"不足之处","不够完美的地方"。这句话同"自知之明"有联系。

自古以来,中国就有一句老话:"人贵有自知之明。"这一句话暗示给我们,有自知之明并不容易,否则这一句话就用不着说了。事实上也确实如此。就拿现在来说,我所见到的人,大都自我感觉良好。专以学界而论,有的人并没有读几本书,却不知天高地厚,以天才自居,靠自己一点小聪明——这能算得上聪明吗?——狂傲恣睢,骂尽天下一切文人,大有用一管毛锥横扫六合之概,令明眼人感到既可笑,又可怜。这种人往往没有什么出息。因为,又有一句中国老话:"学如逆水行舟,不进则退。"还有一句中国老话:"学海无涯。"说的都是真理。但在这些人眼中,他们已经穷了学海之源,往前再没有路了,进步是没有必要的。他们除了自我欣赏之外,还能有什么出息呢?

古代希腊人也认为自知之明是可贵的,所以语重心长地说出了:"要了解你自己!"中国同希腊相距万里,可竟说了几乎是一模一样的话,可见这些话是普遍的真理。中外几千年的思想史和科学史,也都证明了一个事实:只有知不足的人才能为人类文化做出贡献。

二〇〇一年二月二十一日

名师赏析

　　冰心老人为人题座右铭，季羡林先生为之作诠释。正因为"言简意赅，寻味无穷"，所以作者连作两篇以"寻味"，此篇专门谈"知足知不足"。严谨使然，作者首先依据词典解释"知足"的内涵，指出"知足常乐"这句话的价值。随后，作者进一步指出"知足"与"不知足"需要分场合、讲限度，提醒读者细心分辨二者的价值，也提醒人们少存非分之想，论述严密。再进一层，作者细讲了"知不足"的内涵，提出"自知之明"的重要，针对学界某些自满自得的现象发出感慨，提出"只有知不足的人才能为人类文化做出贡献"的观点。作者学贯中西，视野宽广，从东方文化中人们熟知的"知足常乐""人贵有自知之明"入手，联想至西方文化的"要了解你自己"，信手而用，恰到好处。从规范解释到探究内涵，联系生活现象阐明人生道理——如何细细品味富含哲理的一句话，此文给了我们很好的示范。

有为有不为

"为",就是"做"。应该做的事,必须去做,这就是"有为"。不应该做的事必不能做,这就是"有不为"。

在这里,关键是"应该"二字。什么叫"应该"呢?这有点像仁义的"义"字。韩愈给"义"字下的定义是"行而宜之之谓义"。"义"就是"宜",而"宜"就是"合适",也就是"应该",但问题仍然没有解决。要想从哲学上,从伦理学上,说清楚这个问题,恐怕要写上一篇长篇论文,甚至一部大书。我没有这个能力,也认为根本无此必要。我觉得,只要诉诸一般人都能够有的良知良能,就能分辨清是非善恶了,就能知道什么事应该做,什么事不应该做了。

中国古人说:"勿以善小而不为,勿以恶小而为之。"可见善恶是有大小之别的,应该不应该也是有大小之别的,并不是都在一个水平上。什么叫大,什么叫小呢?这里也用不着烦琐的论证,只需动一动脑筋,睁开眼睛看一看社会,也就够了。

小恶、小善,在日常生活中随时可见,比如,在公共汽车上给老人和病人让座,能让,算是小善;不能让,也只能算是小恶,够不上大逆不道。然而,从那些一看到有老人或病人上车就立即装出闭目养神的样子的人身上,不也能由小见大看出了社会道德的水平吗？

至于大善大恶，目前社会中也可以看到，但在历史上却看得更清楚。比如宋代的文天祥。他为元军所虏。如果他想活下去，屈膝投敌就行了，不但能活，而且还能有大官做，最多是在身后被列入"贰臣传"，"身后是非谁管得"，管那么多干吗呀。然而他却高赋《正气歌》，从容就义，留下英名万古传，至今还在激励着我们全国人民的爱国热情。

通过上面举的一个小恶的例子和一个大善的例子，我们大概对大小善和大小恶能够得到一个笼统的概念了。凡是对国家有利，对人民有利，对人类发展前途有利的事情就是大善，反之就是大恶。凡是对处理人际关系有利，对保持社会安定团结有利的事情可以称之为小善，反之就是小恶。大小之间有时难以区别，这只不过是一个大体的轮廓而已。

大小善和大小恶有时候是有联系的。俗话说："千里之堤，溃于蚁穴。"拿眼前常常提到的贪污行为而论，往往是先贪污少量的财物，心里还有点打鼓。但是，一旦得逞，尝到甜头，又没被人发现，于是胆子越来越大，贪污的数量也越来越多，终至于：一发而不可收拾，最后受到法律的制裁，悔之晚矣。也有个别的识时务者，迷途知返，就是所谓浪子回头者，然而难矣哉！

我的希望很简单，我希望每个人都能有为有不为。一旦"为"错了，就毅然回头。

二〇〇一年二月二十三日

名师赏析

　　承接上一篇，此篇着重谈"有为有不为"。"有为"与"有不为"的界限不好把握，所以作者首先提出了对"应该"这一概念的思考，联想其与"义"的相似，与"宜"的相通，指出分辨是非善恶依靠人的良知良能，才能知道为与不为的界限。随后，作者深入探究善恶的大小之别，语意推进一层。作者用社会现象和历史故事为例区分"小恶"与"大善"，引导读者把握一个原则：凡是对国家有利，对人民有利，对人类发展前途有利的事情就是大善，反之就是大恶。凡是对处理人际关系有利，对保持社会安定团结有利的事情可以称之为小善，反之就是小恶。至此，作者讲明了"为"与"不为"的界限。此处似已结束，没想到作者将语意继续推进一层，引导人们关注"大小善和大小恶有时候是有联系的"，以此提醒人们以发展的眼光看待"为"与"不为"，"勿以善小而不为，勿以恶小而为之"，一旦"为"错，毅然回头。短短一句话，因作者对生活、对社会、对人性的关注，而阐释出如此丰富的意蕴，令人叹服！

第二辑

文化与读书

第六章

文化と国生み

略说中国传统文化及其特点

说在中国传统文化的宝库中,中国传统道德是最重要的一部分内容,这话完全正确。因为从世界各国来看,像中国这样几千年如一日重视伦理道德的还没有第二个国家。什么叫作中国传统道德?或者说中国传统道德有哪些内容呢?这个问题很复杂,每个人的回答都可能不一样。我讲讲自己的看法,我想这里面起码应包括这么几部分内容。

第一,正如我的老师——清华大学陈寅恪教授曾经说过的《白虎通》当中的"三纲六纪"是中国文化的精华。什么叫"三纲"呢?就是君臣、父子、夫妇。他讲的当然是君为臣纲,父为子纲,夫为妻纲。这里边有糟粕,如夫妻应该是平等的,怎么男人成了女人的纲了呢?这个我们先不讲它。"六纪",一是诸父,就是父亲的兄弟姊妹;二是兄弟;三是族人;四是诸舅,就是母亲家的人;五是师长;六是朋友。他说,这"三纲六纪"是中国文化的中心,我看他的话很有道理。因为人类自有社会以来,必然要有一种规则来维系,不然的话社会就会乱七八糟。现在马路上为什么要有交通警?为什么要有红绿灯?这就是一种规则,一种规章制度,要求大家都来遵守,这样社会生活才能进行。要是没有这些规则,社会生活就不能进行。《白虎通》的"三纲六纪",把当时社会所有的人际关系都规定了。

第二,我们的文化还有一个提法,是我们的特点,就是"格、致、正、诚、修、齐、治、平"。意思就是格物、致知、正心、诚意、修身、齐家、治国、平天下八个步骤。先从自己开始格物,就是了解事物,了解以后致知,把规律找出来,正心、诚意就不用讲了,修身就是修自己,然后齐家,把家治好,然后再治国,治国以后是平天下。就是从个人内心一直到天下。那么,什么叫国,什么叫天下呢?在周代来讲,像齐国、燕国、郑国等国是国,天下则指整个周代的中国。现在像中国、日本叫国,天下就是世界。个人要从内心出发,正心、诚意,一直推到治国、平天下。这套系统的步骤,属于伦理道德范畴,也属于政治范畴,是其他任何国家所没有的。

第三,"礼义廉耻,国之四维"。就是说,礼义廉耻是国家的四个支柱。除了这个提法外,古人还提出了"孝悌忠信,礼义廉耻"等说法,意思都差不多。

上述三个方面是古代伦理道德最先最主要的内容。懂得了这三个方面的内容,大体就了解了中国伦理道德最基本的内容。我们的道德伦理又全面又有体系,其他的内容当然就多了,需要写一部中国伦理学史来阐述。

中国传统道德是中国传统文化当中最精华的内容,它在世界人类文明遗产中的特殊性非常之明显。为什么这么说呢?因为世界上任何国家,从古希腊一直到古印度,尽管每个国家都有自己的道德规范,每个民族都有自己的道德规范,可是内容这么全面、年代这么久远、涉及面这么广泛的道德规范,在全世界来看，中国是唯一的。现在中国周围这些国家，像日本、韩国、越南等，有一个名词叫汉文化圈，属于汉文化圈的国家基本上都受我国的影响。

我们一向讲中国是四大文明古国之一。现在我们的考古发现越多，就越证明我们的历史长久。随着考古学的不断进步，我估计将来考古发现不但有夏、有禹，一定还会有更古的尧、舜，还要往上发展。总而言之，我的看法是考古发现越多，我们的历史越长。这是从形成的历史时间看。

那么从具体内容上看，我们民族的特点就更明显了。

比如"孝"这个概念，"三纲五常"里面都有。除了中国以外，全世界各国都没有这么具体。何以证之呢？可以看一看欧洲现在社会的情况跟我们作比较。当然现在青年人也不像以前那样愚忠愚孝，"割肉疗母"我们也不提倡，可是就拿眼前来讲，我们中国的青年人还比世界各国的要孝得多，虽然程度不如以前了。我是研究语言的，有件事情很有意思：把"孝"这个词翻译为英语，用一个词翻译不出来，得用两个词。什么原因呢？因为虽然不能说外国没有孝，但是孝并非作为一个很重要的概念，所以译过去就得用两个词。英文里面两个什么词呢？就是儿女的"虔诚"与"尊敬"，而在中文中，光一个孝就够了。这就说明"孝"这个词有中国的特点。

我认为中国伦理道德中有两点值得提倡，第一点是讲气节、骨气。一个人要有骨头。我们现在不是还讲解放军硬骨头六连吗？文章也讲风骨。骨头本来是讲一种生理的东西，用到人身上，就是指人要讲气节。孟子就讲："富贵不能淫，贫贱不能移，威武不能屈，此之谓大丈夫。"富贵我们也不怕，贫贱我们也不怕，威武我们也不怕，这在别的国家是没有的。就是说作为一个人，我有我的人格，顶天立地，不管你多大的官，多么有钱，你做得不对我照样不买你的账。例子很多。《三国演义》里有个祢衡敢骂曹操，不怕他能杀人。近代的章太炎，他就敢在袁世凯住进中南海称帝时，到中南海新华门前骂袁称帝。这种骨气别的国家也不提倡。"骨气"这个词也不好译，翻成英文也得用两个词：道德的"反抗的力量"或者"不屈不挠的力量"，我们用一个"气节""骨气"，多么简洁明了。我们中国的小说中，随便看看，都有像祢衡这样的人。我们为什么崇拜包公？就是因为他威武不能屈。皇帝掌握生杀大权，但皇帝做错了，包公照样不买账；达官显贵虽然有钱有势，包公也照样不买账。这种品行外国是不提倡的。

我常对年轻人讲，不仅在国内要有人格，不能一见钱就什么都不讲了，出国也要有国格，不能忘记自己是中国人，不能忘记国格。

第二点是爱国主义。世界上真正提倡爱国主义的是中国。比如苏武北海牧羊而气节不改的故事，连小孩都知道。写《满江红》的抗金英雄岳飞，他的爱国精神更是历代传颂，后人在杭州西湖边专给他盖了一座庙。又如文天祥，谁都知道他的名言"人生自古谁无死，留取丹心照汗青"，全国都有他的祠堂。近代、现代的爱国英雄也多得很，如抗日战争中的张自忠、佟麟阁，等等。

当然，我们讲爱国主义要分场合，例如，抗日战争里，我们中国喊爱国主义是好词，因为我们是正义的，是被侵略、被压迫的。压迫别人、侵略别人、屠杀别人的"爱国主义"是假的，是军国主义、法西斯。所以我们讲爱国主义要讲两点：一是我们决不侵略别人，二是我们决不让别人侵略。这样爱国主义就与国际主义、与气节联系上了。

关于中国传统道德在世界文明史中的地位问题，我想最好先举例来说明。大家都知道《歌德谈话录》这本书，在1827年1月31日歌德与爱克曼的谈话录中，歌德说，我今天看了一本中国的书：《好逑传》。中国人了不起，在中国人眼中，人跟宇宙合二为一（这是我这几年宣传的人与大自然和谐），男女谈情说爱，相互彬彬有礼，那么和谐、和睦，这个境界我们西方没有。可以说，《好逑传》在中国文学史上最多与《今古奇观》处在一个水平上，甚至中国文学史也不会写它。可是传到欧洲，当时欧洲文化的第一代表人歌德却大加赞美。但他是有根据的。虽然我国这类才子佳人题材的小说有些理想化，像《西厢记》，但是在当时的西方文化泰斗看来，起码中国作者心中的境界是很高的。歌德指出的这一点不是很值得我们回味吗？我认为，从世界文化的发展趋向看，中国文化包括中国道德的精华，在二十一世纪会在人类精神文明的发展中，发挥更重要的作用。这是我所期望的。

名师赏析

"中国传统文化及其特点"，这样大的话题，却需要"略说"，着实有难度。然而，季先生以中国传统道德为切入点，向我们简略介绍了他眼中的中国传统文化，提出了对中国文化包括中国道德的精华将在21世纪发挥重要作用的展望。细读文本，作者首先介绍的是古代伦理道德的主要内容，包括"三纲六纪"的人际关系、"格致正诚修齐治平"的儒家八法、以及"礼义廉耻"的道德观念。随后，作者通过对比中国文化与世界各国的文化，凸显了中国文化与众不同的特点，如"孝道""讲气节、骨气"以及"爱国主义"等。最后，作者又通过引用歌德对《好逑传》的评价，凸显中国传统道德在世界文明史中的崇高地位。值得一提的是，作者虽提倡传统道德文化，但并不拘泥于此。去其糟粕取其精华的同时，又结合实际，提出了带有时代气息的新的道德标准。这种思考问题的方式，以及对比的写作方式，很值得各位同学借鉴参考。

21世纪：东方文化的时代

人类创造的文明或文化从世界范围来说可分为东方文化和西方文化两大体系，每一个文明或文化都有一个诞生、成长、发展、衰落、消逝的过程，不可能是一成不变的。从人类的全部历史来看，我认为，东方文化和西方文化的关系是：三十年河东，三十年河西。目前流行全世界的西方文化并非历来如此，也绝不可能永远如此，到了21世纪，三十年河西的西方文化将逐步让位于三十年河东的东方文化，人类文化的发展将进入一个新的时期。

为什么我认为到了21世纪西方文化将让位于东方文化呢？我是从东西方文化的基础的最根本的差别在于思维方式不同这一点来考虑的。东方的思维方式、东方文化的特点是综合；西方的思维方式、西方文化的特点是分析。举个最简单的例子，从我们坐的凳子来说，看看太和殿皇帝的宝座，四方光板，左不能靠，右不能靠，后又不能靠，坐久了会很不舒服。再看看西方人坐的凳子，中间一道略为隆起，两边稍凹，这样坐着会很舒服，但要换个姿势就会硌得难受。而我们太和殿的宝座，光板一块，虽然坐久了不舒服，但是用什么姿势坐都可以。从这件小事，可说明东方人的思维和西方人不一样。在西方，从伽利略以来的四百年中，西方的自然科学走的是一条分析的道路，越分越细，现在已经分到层子（夸克），而且有人认为分析还没有到底，还能往下分。东方人则是综合的思维方式，用哲学家的语言说即是西方是一分为二，东方是合二为一。

在这方面，自然科学界和哲学界是有争论的。物质是无限可分的吗？有不少人相信庄子的话："一尺之棰，日取其半，万世不竭。"果真如此，则西方的分析方法、西方的思维方式、西方的文化就能永远存在下去，越分越琐细以致无穷，西方文化的光芒也就越辉煌。"三十年河东，三十年河西"这一条人类历史发展启示的规律就要被扬弃。但是庄子所说的是一个数学概念，我所说的分析是物理概念，二者不可混同。

国际上对物质是否无限可分也有两派之争。反对物质无限性观点的代表、大科学家海森堡（Heisenberg）认为物质不是永远可分的，最后有个界限，这个界限是夸克，称之为夸克封闭。其理由是夸克虽能被电子对撞机击碎，但击碎后仍是夸克，并未产生出新的物质。国内金吾伦同志著有《物质可分性新论》，也主张夸克封闭。我是同意这种看法的，因为对物质永远可分的这个观点现在无法证实。我认为夸克现在不能封闭，但将来总有一天要封闭的。我们的一切文明、一切文化现象甚至科技不同于西方。即使是数学，看起来应该是东西方没有差别，一加三等于四，而且还有公式，但是前两年我在自然辩证法通讯中，看到中科院数学所吴文俊教授对《九章》一书所写的序言里讲到东方和西方解决数学问题的方法不一样。对数学这个自然科学的基础尚且不一样，何况其他科学？

多年前，我就讲过21世纪是东方的世纪。西方在资本主义发展到帝国主义阶段，自认为是天之骄子，第一次世界大战从1914年打到1918年，基本上是欧洲人打欧洲人，战后二十年代初期，欧洲思想界出现了反思的热潮，他们思考的是为何自认为文化至高无上的欧洲都要自相残杀？看来西方不行了，要看东方。有本风行一时的书叫《欧洲的没落》，说欧洲要垮台、要灭亡，仰望东方。当时中国的《老子》《庄子》非常流行，《老子》德文译本有五六十种。有一位我认识的牙医，既非汉学家，又非文学家，却凭着一本字典、一股傻劲硬是把《老子》翻译了一遍。这说明当时不论是否搞哲学都向东方看齐。第二次世界大战打了六年，死的人比一战还要多。战后，欧洲再次出现一股眼望东方的反思热潮。当时除《老子》《庄子》外，又增加了禅宗、中医、《易经》，还有印度大乘佛教。一位英国的史学家汤因比在他所著的《历史研究》中，把各国民族的历史做了个总结，他认为人类共同创造了23个或26个文明，每个文明或文化都有其诞生、生长、繁荣、衰微、消逝的过程，没有任何一种文明或文化可以贯穿千秋。从他的哲学基础出发得出的结论是西方的文化将来要消灭。至今欧美思想界仍感觉他的反思比较深沉。

我们还可以从20世纪后半期西方兴起的几种新的科学模糊学、混沌学中进一步的说明。模糊学是从模糊数学开始的，以后又有模糊逻辑、模糊语言……就说模糊语言，我们天天开口讲话，从未怀疑过自己的语言是模糊的，但是说天气好，怎么叫好？天气暖，怎么叫暖？长得高，怎么叫高？这件事情好，怎么叫好？都是模糊的。我们可以对这些问题仔细分析、追根到底，但是要讲清楚却很难。混沌学被誉为继爱因斯坦的相对论和普朗克的量子力学之后20世纪科学的第三个伟大的发现。关于混沌学，美国学者格莱克写过一本书《混沌：开创新科学》，此书有汉译本，我国周文斌先生在1990年11月8日《光明日报》写有书评，文中有一段话说："混沌学是关于系统的整体性质的科学，它扭转科学中简化论的倾向，即只从系统的组成零件夸克、染色体或神经元来作分析的倾向，而努力寻求整体，寻求复杂系统的普遍行为。它把相距甚远各方面的科学家带到了一起，使以往的那种分工过细的研究方法发生了戏剧性的倒转，亦使整个数理科学开始改变自己的航向。它揭示了有序与无序的统一，确定性与随机性的统一，是过程的科学而不是状态的科学，是演化学而不是存在的科学。它覆盖面之广，几乎涉及自然科学与社会科学的各个领域。"为什么在20世纪后半期，西方有识之士开创了与西方文化整个背道而驰的模糊学、混沌学呢？这说明他们已经痛感西方分析的思维方式不行了。世上万事万物没有绝对的、百分之百的正确，金无足赤、人无完人，绝对的好、绝对的美是不存在的，一切都是相对的。分析的方法有限度，要把一切都弄得清清楚楚是办不到的。必须改弦更张、另求出路，这样人类文化才能继续向前发展。

我说三十年河东，三十年河西，许多事情就是这样。从整个世纪来看中国文化在世界上占领导地位，这是东方，三十年河东。到明朝末年、西方文化自天主教传入起，至今几百年了，西方资本主义的物质文明给人类带来很大的福利，但另一方面也带来灾难，癌症、艾滋病、淡水资源短缺、环境污染、生态平衡的破坏，等等。这些灾难中任何一个解决不了，人类就难以继续生存。怎么办？人类到了今天，三十年河西要过，我们就像接力赛一样，在西方文化的基础上，接过这一棒，用东方文化的综合思维方式解决这些问题，去除掉这些弊端。所谓综合，就是整体观念、普遍联系这八个字。西方的哲学思维是只见树木不见森林，只从个别细节上穷极分析，而对这些细节之间的联系则缺乏宏观的概括，认为一切事物都是一清如水，而实际情况并非如此。我认为中国的东方的思维方式从整体着眼，从事物之间的联系着眼更合乎辩证法的精神。就像中医治病是全面考虑、多方照顾，一服中药，药分君臣，症治关键，医头痛从脚上下手，较西医的头痛治头、脚痛治脚更合乎辩证法。

总之，我认为，西方形而上学的分析已快走到尽头，而东方的寻求整体的综合必将取而代之。以分析为基础的西方文化也将随之衰微，代之而起的必然是以综合为基础的东方文化。"取代"不是"消灭"，而是在过去几百年来西方文化所达到的水平的基础上，用东方的整体着眼和普遍联系的综合思维方式，以东方文化为主导，吸收西方文化中的精华，把人类文化的发展推向一个更高的阶段。这种取代，在21世纪中就可见分晓。21世纪，东方文化的时代，这是不以人们的主观愿望为转移的客观规律。

名师赏析

作者仿佛是一位预言家，让我们看到了东方文化的未来。

然而，他的预言是建立在对东西方文化的深入了解上作出的。季先生对东西方文化的复杂内容、历史发展、思维方式、未来趋势的了解超乎常人，多年的研究与思考让他目光如炬，才能观点清晰、理据充足、逻辑分明。初读文本，不难发现作者的主张：21世纪，西方文化将逐步让位于东方文化，但取代不是消灭，而是用东方文化的综合思维将人类文化推向更高的阶段。细读文本，我们可以理出作者展开论述的几个层次：东西方文化的思维方式不同决定了西方文化重分析、东方文化重综合；西方的分析思维存在弊端，西方学界从极盛后的战争中反思并开始研究东方的文化，认识到"每个文明或文化都有其诞生、生长、繁荣、衰微、消逝的过程，没有任何一种文明或文化可以贯穿千秋"；西方二十世纪后半期"模糊学、混沌学"的兴起进一步说明分析方法须有限度，人类文化需要寻找新出路；回顾西方文化带来进步的同时也带来了灾难的历史，不能再从细节上穷极分析，而应运用东方的综合思维从整体着眼，以东方文化为主导，吸收西方文化的精华，推进人类文化的发展。这样的分析，读者看到的不仅仅是东方文化的自信，更能看到作者文化眼光的开阔、思想格局的远大！

我们要奉行"送去主义"

二十世纪二三十年代,鲁迅先生提出了"拿来主义"的主张。我们中国人,在整个二十世纪,甚至在二十世纪以前,确实从西方国家拿来了不少的西方文化的精华,这大大地推动了我们教育、文化、科研,甚至政治、经济等方面的发展,提高了我们的文化水平,丰富了我们的物质生活和精神生活。这是一个历史事实,谁也无法否认。当然,伴随着西方文化的精华,我们也拿来了不少的糟粕。这是不可避免的,有时候精华与糟粕是紧密相连的。

十几年前,也就是在上一个世纪的最后一段时间内,我曾提出了一个主张:"送去主义。"拿来与送去是相对而言的。我的意思是把中国文化的精华送到西方国家去,尽上我们的国际主义义务。我的根据何在呢?

我们中华民族是伟大的民族,在过去几千年的历史上,我们有过许多重要的发明创造,四大发明是尽人皆知的,无待赘言。至于无数的看来似乎是细微的发明,也出自中国人之手,其意义是绝不细微的。我只介绍一部书,大家一看便知,这部书是:阿里·玛扎海里的《丝绸之路》。至于李约瑟的那一部名著,几乎尽人皆知,用不着我再来介绍了。如果没有中国的四大发明，人类社会的进步，人类文化的发展，将会推迟几百年，这是世界上有点理智的人们的共识，绝不是我一个人的"老王卖瓜"也。

然而，日往月来，星移斗转，近几百年以来，西方兴起了产业革命，科学技术的发展突飞猛进，在不太长的时间内，影响遍及全世界。当年歌德提出了一个"世界文学"的想法，我们现在眼前却确有一个"世界文化"。最早的殖民主义国家，靠坚船利炮，完成了资本主义原始积累的任务。后来的帝国主义国家，靠暂时的科技优势，在地球村中，为非作歹，旁若无人，今天制裁这个国家，明天惩罚那个国家，得意扬扬，其劣根性至今没有丝毫改变。在这样的情况下，在西方，除了极少数有识之士外，一般人大抵都以"天之骄子"自命，认为宇宙间从来就是如此，今后也将万岁千秋如此，真正是"其愚不可及也"。他们颇有点类似中国旧日的皇帝，认为自己什么都有，无所求于任何其他民族。据说，西方某个大国中，有知识的人连鲁迅这个名字都没有听说过。其极端者甚至认为中国人至今还在吃鸦片，梳辫子，裹小脚。真正让人啼笑皆非，这样的"文明人"可笑亦复可怜！

现在屈指算来，西方以及世界其他国家已经从中华民族优秀文化中拿走了不少优秀的精华，他们学习了，应用了，收到了效果，获得了利益。但是，仍然有许多精华，他们没有拿走，比如中国传统的伦理道德，其中有糟粕，也有精华，其精华部分对世界人民处理天人关系、人与人的关系，以及个人心中感情思想中的矛盾时会有很大的助益。眼前全世界都大声疾呼的环保问题实际上是西方人"征服自然"的恶果，中国的"天人合一"的思想，如能切实行之，必能济西方之穷。我们眼前，由于人所共知的原因，科技在某些方面确实落后于西方。但是，我们也不能说是一点创造发明都没有，一点先进的东西都没有，比如改革开放，由计划经济转入市场经济而获得成功，对世界上其他国家就很有借鉴的价值。

这些东西如珠子在前，可人家，特别是西方人，却偏不来拿。

怎么办呢？你不来拿，我们就送去。

我们首先要送去的就是汉语。"射人先射马，擒贼先擒王"。汉语是"王"。中华民族的优秀文化大部分保留在汉语言文字中。中华民族古代和现代的智慧，也大部分保留在汉语言文字中。中国人要想弘扬中华民族的优秀文化，外国人要想学习中华民族的优秀文化，都必须首先抓汉语。为了增强中外文化交流，为了加强中外人民的理解和友谊，我们首先必抓汉语。因此，我们要奉行送去主义，首先送出去的也必须是汉语。

此外，汉语本身还具备一些其他语言所不具备的优点。五十年代中期，我参加了中共八大翻译处的工作。在几个月的工作过程中，我逐渐发现了一个从来没有人提到过的现象，这就是：汉语是世界上最短的语言。使用汉语，能达到花费最少最少的劳动，传递最多最多的信息的目的。我们必须感谢我们的祖先，他们给我们留下了汉语言文字这一瑰宝。过去的几千年，我们在这里暂且不谈。仅就目前十几亿使用汉语言文字的人来说，他们在交流思想，传递信息方面所省出来的时间简直应该以天文数字来计算。汉语之为功可谓大矣。

从前听到有人说过，人造的世界语，不管叫什么名称，寿命都不会太长的。如果人类在未来真有一个世界语的话,那么这个世界语一定会是汉语的语法和英文的词汇。洋泾浜英语就证明了这一点。这种说法虽然近乎畅想曲,近乎说笑话,但其中难道一点道理都没有吗?

　　说来说去,一句话:我们要奉行"送去主义",这既有政治意义,也有学术意义。

二〇〇〇年一月十一日

名师赏析

　　季先生每提出一个主张,都是这样掷地有声!"送去主义"的观点,是基于鲁迅先生曾经提出的"拿来主义"。作者回顾了二十世纪中国从西方学习先进文化的历程,肯定了先进文化对社会进步的价值。也正是基于此,作者提出了"送去主义"的主张!主张"把中国文化的精华送到西方国家去"的根据是什么?作者有层次地展开了论述:西方人学习了、应用了我们古代先进的科学技术,我们现在要送去中国精神文明中的伦理道德之精华;中国的"天人合一"的思想,为人与自然的和谐相处起到积极作用,在环保方面济西方之穷;改革开放,由计划经济转入市场经济而获得的成功经验,对世界其他国家就很有借鉴的价值;汉语具备一些其他语言所不具备的优点,使用汉语,能达到花费最少的劳动,传递最多的信息的目的。从这些文字里,我们能读到一个学者的智慧,更能读到一个中国人的文化自信!这样的思想智慧,越发能增强中华民族的信心!

香子隅老民白石

"天下第一好事,还是读书"[1]

古今中外赞美读书的名人和文章,多得不可胜数。张元济先生有一句简单朴素的话:"天下第一好事,还是读书。""天下"而又"第一",可见他对读书重要性的认识。

为什么读书是一件"好事"呢?

也许有人认为,这问题提得幼稚而又突兀。这就等于问:"为什么人要吃饭"一样,因为没有人反对吃饭,也没有人说读书不是一件好事。

但是,我却认为,凡事都必须问一个"为什么",事出都有因,不应当马马虎虎,等闲视之。现在就谈一谈我个人的认识,谈一谈读书为什么是一件好事。

凡是事情古老的,我们常常总说"自从盘古开天地"。我现在还要从盘古开天地以前谈起,从人类脱离了兽界进入人界开始谈。人成了人以后,就开始积累人的智慧,这种智慧如滚雪球,越滚越大,也就是越积越多。禽兽似乎没有发现有这种本领,一只蠢猪一万年以前是这样蠢,到了今天仍然是这样蠢,没有增加什么智慧。人则不然,不但能随时增加智慧,而且根据我的观察,增加的速度越来越快,有如物体从高空下坠

---

[1] 本文原为季羡林先生为《书海浮槎》作的序言。标题为编者所加。

一般。到了今天，达到了知识爆炸的水平。最近一段时间以来，"克隆"使全世界的人都大吃一惊。有的人竟忧心忡忡，不知这种技术发展"伊于胡底"。信耶稣教的人担心将来一旦"克隆"出来了人，他们的上帝将向何处躲藏。

人类千百年以来保存智慧的手段不出两端，一是实物，比如长城，等等，二是书籍，以后者为主。在发明文字以前，保存智慧靠记忆；文字发明了以后，则使用书籍。把脑海里记忆的东西搬出来，搬到纸上，就形成了书籍，书籍是贮存人类代代相传的智慧的宝库。后一代的人必须读书，才能继承和发扬前人的智慧。人类之所以能够进步，永远不停地向前迈进，靠的就是能读书又能写书的本领。我常常想，人类向前发展，有如接力赛跑，第一代人跑第一棒；第二代人接过棒来，跑第二棒，以至第三棒、第四棒，永远跑下去，永无穷尽，这样智慧的传承也永无穷尽。这样的传承靠的主要就是书，书是事关人类智慧传承的大事，这样一来，读书不是"天下第一好事"又是什么呢？

但是，话又说了回来，中国历代都有"读书无用论"的说法，读书的知识分子，古代通称之为"秀才"，常常成为取笑的对象，比如说什么"秀才造反，三年不成"，是取笑秀才的无能。这话不无道理。在古代——请注意，我说的是"在古代"，今天已经完全不同了——造反而成功者几乎都是不识字的痞子流氓，中国历史上两个马上皇帝，开国"英主"，刘邦和朱元璋，都属此类。诗人只有慨叹"刘项原来不读书"。"秀才"最多也只有成为这一批地痞流氓的"帮忙"或者"帮闲"，帮不上的，就只好慨叹"儒冠多误身"了。

但是，话还要再说回来，中国悠久的优秀的传统文化的传承者，是这一批地痞流氓，还是"秀才"？答案皎如天日。这一批"读书无用论"的现身"说法"者的"高祖""太祖"之类，除了镇压人民剥削人民之外，只给后代留下了什么陵之类，供今天搞旅游的人赚钱而已。他们对我们国家竟无贡献可言。

总而言之，"天下第一好事，还是读书"。

一九九七年四月八日

名师赏析

作者为什么要写这篇文章？很明显，是针对"读书无用论"而作。文章的标题援引张元济先生的这句简单朴素的话，提出了读书的重要性。为什么重要？作者由此一层层展开了正面的论述。作者从禽兽和人类的差异谈起，指出人类智慧增加得越来越多、越来越快；探究人类保存智慧的方式，作者发现无外乎实物和书籍，而且书籍更重要；探究人类进步的原因，作者认定是书籍在传承智慧。从正面说完以后，作者又从反面来批驳"读书无用论"。回顾历史上虽有持这种错误论调的人，他们能留下什么呢？细细品来，有能力为中华民族留下优秀传统文化的还是读书人！作者的论述层层深入，正反结合，我们能从中读到一位学者强烈的社会责任感！

对我影响最大的几本书

我是一个最枯燥乏味的人，枯燥到什么嗜好都没有。我自比是一棵只有枝干并无绿叶更无花朵的树。

如果读书也能算是一个嗜好的话，我的唯一嗜好就是读书。

我读的书可谓多而杂，经、史、子、集都涉猎过一点，但极肤浅，小学中学阶段，最爱读的是"闲书"（没有用的书），比如《彭公案》《施公案》《洪公传》《三侠五义》《小五义》《东周列国志》《说岳》《说唐》，等等，读得如醉似痴。《红楼梦》等古典小说是以后才读的。读这样的书是好是坏呢？从我叔父眼中来看，是坏。但是，我却认为是好，至少在写作方面是有帮助的。

至于哪几部书对我影响最大，几十年来我一贯认为是两位大师的著作：在德国是亨利希·吕德斯 (Heinrich Lüders)，我老师的老师；在中国是陈寅恪先生。两个人都是考据大师，方法缜密到神奇的程度。从中也可以看出我个人兴趣之所在。我禀性板滞，不喜欢玄之又玄的哲学。我喜欢能摸得着看得见的东西，而考据正合吾意。

吕德斯是世界公认的梵学大师。研究范围颇广，对印度的古代碑铭有独到深入的研究。印度每有新碑铭发现而又无法读通时，大家就说："到德国去找吕德斯去！"可见吕德斯权威之高。印度两大史诗之一的《摩诃婆罗多》从核心部分起，滚雪球似的一直滚到后来成型的大书，其间共经历了七八百年。谁都知道其中有不少层次，但没有一个人说得清楚。弄清层次问题的又是吕德斯。在佛教研究方面，他主张有一个"原始佛典"(Urkanon)，是用古代半摩偈陀语写成的，我个人认为这是千真万确的事：欧美一些学者不同意，却又拿不出半点可信的证据。吕德斯著作极多。中短篇论文集为一书《古代印度语文论丛》，这是我一生受影响最大的著作之一。这书对别人来说，可能是极为枯燥的，但是，对我来说却是一本极为有味、极有灵感的书，读之如饮醍醐。

在中国，影响我最大的书是陈寅恪先生的著作，特别是《寒柳堂集》《金明馆丛稿》。寅恪先生的考据方法同吕德斯先生基本上是一致的，不说空话，无证不信。二人有异曲同工之妙。我常想，寅恪先生从一个不大的切入口切入，如剥春笋，每剥一层，都是信而有证，让你非跟着他走不行，剥到最后，露出核心，也就是得到结论，让你恍然大悟：原来如此，你没有法子不信服。寅恪先生考证不避琐细，但绝不是为考证而考证，小中见大，其中往往含着极大的问题。比如，他考证杨玉环是否以处女入宫。这个问题确极猥琐，不登大雅之堂。无怪一个学者说：这太 Trivial(微不足道)了。焉知寅恪先生是想研究李唐皇族的家风。在这个问题上，汉族与少数民族看法是不一样的。寅恪先生是从看似细微的问题入手探讨民族问题和文化问题，由小及大，使自己的立论坚实可靠。看来这位说那样话的学者是根本不懂历史的。

在一次闲谈时，寅恪先生问我：《梁高僧传》卷二《佛图澄传》中载有铃铛的声音："秀支替戾冈，仆谷劬秃当"是哪一种语言？原文说是羯语，不知何所指？我到今天也回答不出来。由此可见寅恪先生读书之细心，注意之广泛。他学风谨严，在他的著作中到处可以给人以启发。读他的文章，简直是一种最高的享受。读到兴会淋漓时，真想"浮一大白"。

中德这两位大师有师徒关系，寅恪先生曾受学于吕德斯先生。这两位大师又同受战争之害，吕德斯生平致力于Udānavarga之研究，几十年来批注不断。二战时手稿被毁。寅恪师生平致力于读《世说新语》，几十年来眉注累累。日寇入侵，逃往云南，此书丢失于越南。假如这两部书能流传下来，对梵学国学将是无比重要之贡献。然而先后毁失，为之奈何！

一九九九年七月三十日

名师赏析

初看标题，会觉得作者是在分享对自己影响最大的几本书，然而细读本文会发现，这是作者在与读者分享读书的感受。一般人很难做到把读书当作嗜好，作者却甘之如饴。以此开头，作者铺垫了一个说话的基础：只有爱读书的人，才能品味不同类型书的乐趣。所以，在他多而杂的读书领域内，他会感受到所谓"闲书"的好，也能感受到专业书籍的妙。谈到对自己影响最大的书，作者只谈了德国亨利希·吕德斯和中国陈寅恪两位大师的著作，而吸引作者的真正缘由是大师的考据"方法缜密到神奇"，这正是专业的魅力。接着作者分别谈了两位大师著作的魅力。前者对梵学研究不但广泛而且深入，讲究理据服人，别人觉得枯燥的书作者觉得"极为有味、极有灵感的书，读之如饮醍醐"。后者研究学问"不说空话，无证不信"的原则使其研究深入细致、学风严谨，"由小及大"使立论"坚实可靠"，读来"简直是一种最高的享受"。借两位大师的作品，作者要赞美的是一种做学问的态度，也表达了自己做学问的追求。所以，作者所说"对我影响最大"的表面上是书，其实是学问精神！

朱光潜先生的为人与为学

五十多年前，我在清华大学西洋文学系念书，我那时是二十岁上下。朱光潜（孟实）先生是北京大学的教授，在清华大学兼课，年龄大概三十四五岁吧。他只教一门文艺心理学，实际上就是美学，这是一门选修课。我选了这一门课，认真地听了一年。当时我就感觉到，这一门课非同凡响，是我最满意的一门课，比那些英、美、法、德等国来的外籍教授所开的课好到不能比的程度。朱先生不是那种口若悬河的人，他的口才并不好，讲一口带安徽味的蓝青官话，听起来并不"美"。看来他不是一个演说家，讲课从来不看学生，两只眼向上翻，看的好像是天花板上或者窗户上的某一块地方，然而却没有废话，每一句话都清清楚楚。他介绍西方各国流行的文艺理论，有时候举一些中国旧诗词作例子，并不牵强附会，我们一听就懂。对那些古里古怪的理论，他确实能讲出一个道理来，我听起来津津有味。我觉得，他是一个有学问的人，一个在学术上诚实的人，他不哗众取宠，他不用连自己都不懂的"洋玩意儿"去欺骗、吓唬年轻的中国学生。因此，在开课以后不久，我就爱上了这一门课，每周盼望上课，成为我的乐趣了。

孟实先生在课堂上介绍了许多欧洲心理学家和文艺理论

家的新理论，比如李普斯的感情移入说，还有什么人的距离说，等等。他们从心理学方面，甚至从生理学方面来解释关于美的问题。其中有不少理论我觉得是有道理的，一直到今天我仍然记忆不忘。要说里面没有唯心主义成分，那是不能想象的。但是资产阶级的科学家，只要是一个有良心、不存心骗人的人，他总是会在不同程度上正视客观实际的，他的学说总会有合理成分的。我们倒洗澡水不应该连婴儿一起倒掉。达尔文和爱因斯坦难道不是资产阶级的科学家吗？但是，你能说，他们的学说完全不正确吗？我们过去有一些人习惯于用贴标签的办法来处理学术问题，把极其复杂的学术问题过分地简单化了。这不利于学术的发展。这种倾向到了"十年浩劫"期间，在"四人帮"的煽动下，达到了骇人听闻的荒谬的程度。"四人帮"竟号召对相对论一窍不通的人来批判爱因斯坦，成为千古笑谈。孟实先生完全不属于这一类人。他老老实实，本本分分，自己认识到什么程度，就讲到什么程度，一步一个脚印，无形中影响了学生。

离开清华以后，我出国一住就是十年。在这期间，国内正在奋起抗日，国际上则是第二次世界大战。"烽火连八年，家书抵亿金"，在一段相当长的时间内，我完全同祖国隔离，什么情况也不知道，1946年回国，立即来北大工作。那时孟实先生也转来北大。他正编一个杂志，邀我写文章。我写了一篇介绍《五卷书》的文章，发表在那个杂志上。他住的地方离我的住处不远。他的办公室（他当时是西方语言文学系主任，我是东方语言文学系主任）和我的办公室相隔也不远。但是我无论如何也回忆不起来，我曾拜访过他。说起来似乎是件怪事，然而却是事实。现在恐怕有很多人认为我是什么"社会活动家"。其实我的性格毋宁说是属于孤僻一类，最怕见人。我的老师和老同学很多，我几乎是谁都不拜访。天性如此，无可奈何，而今就是想去拜访孟实先生，也完全不可能了。

我因为没有在重庆或者昆明待过，对于抗战时期那里的情况完全不了解。对于朱先生当时的情况也完全不清楚。到了北平以后，听了三言两语，我有时候也同几个清华的老同学窃窃私议过。到了1949年北平解放前夕，按朱先生的地位，他完全有资格乘南京派来的专机离开中国大陆的。然而他没有这样做，他毅然留了下来，等待北平的解放。其中过程细节，我完全不清楚。然而这件事却给我留下了深刻的印象：朱先生毕竟是经受住了考验，选择了一条唯一正确的道路。

我常常想，在1949年前，中国的知识分子大概分为三类：先知先觉的、后知后觉的、不知不觉的。第一类是少数，第三类也是少数。孟实先生(还有我自己)，在政治上不是先知先觉；但又绝非不知不觉。爱国无分少长，革命难免先后，这恐怕是一条规律。孟实先生同一大批旧社会来的知识分子一样，经过了几十年的观察与考验、前进与停滞，既走过阳关大道，也走过独木小桥，最终还是认识了真理，认为共产党指出的道路是唯一正确的，因而坚定不移地在这一条路上走下去。孟实先生有一些情况我原来并不清楚，只是到了前几年，我读到他在抗战期间从重庆给周扬同志写的一封信，我才知道，他对国民党并不满意，他也向往延安。我心中暗自谴责：我没有能全面了解孟实先生。总之，我认为，孟实先生一生是大节不亏的，他走的道路是一切正直的中国知识分子都应该走的道路。

这一条道路当然也绝不会是平坦的。三十多年来，风风雨雨，几乎所有的老知识分子都在风雨中经受磨炼。最突出的例子当然是"十年浩劫"。孟实先生被关进了牛棚。我是自己"跳"出来的，一跳也就跳进了牛棚。想不到几十年前的师生现在成了"同棚"。牛棚生活不是三言两语所能说清的。在这里暂且不谈。孟实先生在棚里的一件小事，我却始终忘记不了。他锻炼身体有一套方术，大概是东西均备，佛道沟通。在那种阴森森的生活环境中，他居然还在锻炼身体，我实在非常吃惊，而且替他捏一把汗。晚上睡下以后，我发现他在被窝里胡折腾，不知道搞一些什么名堂。早晨他还偷跑到一个角落里去打太极拳一类的东西。有一次被"监改人员"发现了，大大地挨了一通批。在这些"大老爷"眼中，我们锻炼身体是罪大恶极的。这是一件微不足道的小事，然而它的意义却不小。从中可以看到，孟实先生对自己的前途没有绝望，对我们的事业也没有绝望，他执着于生命，坚决要活下去。否则的话，他尽可以像一些别的难兄难弟一样，破罐子破摔算了。说老实话，我在当时的态度实在比不上他。这一件事，我从来没有同他谈起过，只是暗暗地记在心中。

"四人帮"垮台以后，天日重明，孟实先生以古稀之年，重又精神抖擞，从事科研、教学和社会活动。他的生活异常地有规律。每天早晨，人们总会看到一个瘦小的老头在北大图书馆前漫步。在工作方面，他抓得非常紧，他确实达到了壮心不已的程度。他译完了黑格尔的美学，又翻译维柯的著作。这些著作内容深奥，号称难治，能承担这种翻译工作的，并世没有第二人，孟实先生以他渊博的学识和湛深的外语水平，兢兢业业，勤勤恳恳，争分夺秒，锲而不舍，"焚膏油以继晷，恒兀兀以穷年"，终于完成了这项艰巨的工作，给我们留下了宝贵的财富，得到了学术界普遍的赞扬。

孟实先生学风谨严，一丝不苟，谦虚礼让，不耻下问。他曾多次问到我关于古代印度宗教的问题。他对中外文学都有精湛的研究，这是学术界公认的。他的文笔又流利畅达，这也是学者中间少有的。思想改造运动时，有人告诉我说是喜欢读朱先生写的自我批评的文章。我当时觉得非常可笑：这是什么时候呀，你居然还有闲情逸致来欣赏文章！然而这却是事实，可见朱先生文章感人之深。他研究中外文艺理论，态度同样严肃认真。他翻译外国名著，也是句斟字酌，不轻易下笔。严复说："一名之立，旬月踟蹰。"我在朱先生身上也发现了这种认真负责的态度。1949年后，他努力学习辩证唯物主义和历史唯物主义，并以此指导自己的研究工作，给我们树立了榜样。

现在，孟实先生离开了我们。他一生执着追求，没有偷懒。将近九十年的漫长的道路，走过来并不容易。峰回路转，柳暗花明，他都碰到过。顺利与挫折，他都经受过。但是，他在千辛万苦之后，毕竟找到了真理，热爱祖国，热爱社会主义，找到了一个中国知识分子的最好的归宿。现在人们常谈生命的价值，我认为，孟实先生是实现了生命的价值的。

一九八六年

名师赏析

作者回忆朱光潜先生时,充满了敬意。作者从"为人"与"为学"两方面描绘了自己所了解的朱光潜先生,这两方面也是相通相融的,蕴含在每一件小事中。作者回忆了几件事情:从听朱先生讲课到爱上了这门课,赞美了朱先生的"有学问"和学术上的"诚实"影响了许多学生;与朱先生共事期间,来往不多,但听闻朱先生在解放前夕的选择心生敬佩,赞美了他的正直与气节;与朱先生同关"牛棚"时,处境恶劣,但他坚持锻炼身体,赞美了他对生命的热爱和对信念的坚守;恢复工作以后,朱先生壮心不已,勇挑重担,争分夺秒地工作,赞美了他勤恳敬业的工作态度和一丝不苟的严谨学风,他的谦逊谨慎和认真负责树立了"为学"和"为人"的榜样。回忆往事是形式,表达对朱光潜先生的敬重是实质。结尾,作者对朱先生的人生态度和人生选择给予高度赞誉,让读者备受鼓舞,从而明白这样的人生才是有价值的人生!朴实真诚,既是作者眼中的朱先生,也是作者的文风。

我记忆中的老舍先生

老舍先生含冤逝世已经二十多年了。在这一段相当长的时间内,我经常想到他,想到的次数远远超过我认识他以后直至他逝世的三十多年。每次想到他,我都悲从中来。我悲的是中国失去一个热爱祖国、热爱人民的正直的大作家,我自己失去一位从年龄上来看算是师辈的和蔼可亲的老友。目前,我自己已经到了晚年,我的内心再也承受不住这一份悲痛,我也不愿意把它带着离开人间。我知道,原始人是颇为相信文字的神秘力量的,我从来没有这样相信过。但是,我现在宁愿做一个原始人,把我的悲痛和怀念转变成文字,也许这悲痛就能突然消逝掉,还我心灵的宁静,岂不是天大的好事吗?

我从高中时代起,就读老舍先生的著作,什么《老张的哲学》《赵子曰》《二马》,我都读过。到了大学以后,以及离开大学以后,只要他有新作出版,我一定先睹为快,什么《离婚》《骆驼祥子》等等,我都认真读过。最初,由于水平的限制,他的著作我不敢说全都理解。可是我总觉得,他同别的作家不一样。他的语言生动幽默,是地道的北京话,间或也夹上一点山东俗语。他没有许多作家那种忸怩作态让人读了感到浑身难受的非常别扭的文体,一种新鲜活泼的力量跳动在字里行间。他的幽默也同林语堂之流的那种着意为之的幽默不同。总之，老舍先生成了我毕生最喜爱的作家之一，我对他怀有崇高的敬意。

但是，我认识老舍先生却完全出于一个偶然的机会。三十年代初，我离开了高中，到清华大学来念书。当时老舍先生正在济南齐鲁大学教书。济南是我的老家，每年暑假，我都回去。李长之是济南人，他是我的唯一的一个小学、中学、大学"三连贯"的同学。有一年暑假，他告诉我，他要在家里请老舍先生吃饭，要我作陪。在旧社会，大学教授架子一般都非常大，他们与大学生之间宛然是两个阶级。要我陪大学教授吃饭，我真有点受宠若惊。及至见到老舍先生，他却全然不是我心目中的那种大学教授。他谈吐自然，蔼然可亲，一点架子也没有，特别是他那一口地道的京腔，铿锵有致，听他说话，简直就像是听音乐，是一种享受。从那以后，我们就算是认识了。

以后是激烈动荡的几十年。我在大学毕业以后，在济南高中教了一年国文，就到欧洲去了，一住就是十一年。中国胜利了，我才回来，在南京住了一个暑假。夜里睡在国立编译馆长之的办公桌上；白天没有地方待，就到处云游，什么台城、玄武湖、莫愁湖，等等，我游了一个遍。老舍先生好像同国立编译馆有什么联系，我常从长之口中听到他的名字。但是没有见过面。到了秋天，我也就离开了南京，乘海船绕道秦皇岛，来到北平。

以后又是更为激烈震荡的三年。用美式装备武装到牙齿的国民党军队，被彻底消灭。蒋介石一小撮到台湾去了。中国人民苦斗了一百多年，终于迎来解放的春天。我们这一群知识分子都亲身感受到,我们确实已经站起来了。就在这样的情况下,我在当时所谓故都又会见了老舍先生,距第一次见面已经有二十多年了。

我现在已经记不清楚我们重逢时的情景。但是我却清晰地记得起五十年代初期召开的一次汉语规范化会议时的情景。当时语言学界的知名人士,以及曲艺界的名人,都被邀请参加,其中有侯宝林、马增芬姊妹,等等。老舍先生、叶圣陶先生、罗常培先生、吕叔湘先生、黎锦熙先生等等都参加了。这是1949年后语言学界的第一次盛会。当时还没有达到会议成灾的程度,因此大家的兴致都很高,会上的气氛也十分亲切融洽。

有一天中午,老舍先生忽然建议,要请大家吃一顿地道的北京饭。大家都知道,老舍先生是地道的北京人,他讲的地道的北京饭一定会是非常地道的,都欣然答应。老舍先生对北京人民生活之熟悉,是众所周知的。有人戏称他为"北京土地爷"。他结交的朋友,三教九流都有。他能一个人坐在大酒缸旁,同洋车夫、旧警察等旧社会的"下等人",开怀畅饮,亲密无间,宛如亲朋旧友,谁也感觉不到他是大作家、名教授、留洋的学士。能做到这一步的,并世作家中没有第二人。这样一位老北京想请大家吃北京饭,大家的兴致哪能不高涨起来呢?商议的结果是到西四砂锅居去吃白煮肉,当然是老舍先生做东。他同饭馆的经理一直到小伙计都是好朋友,因此饭菜极佳,服务周到。大家尽兴地饱餐了一顿。虽然是一顿简单的饭,然而却令人毕生难忘。当时参加宴会今天还健在的叶老、吕先生大概还都记得这一顿饭吧。

还有一件小事,也必须在这里提一提。忘记了是哪一年了,反正我还住在城里翠花胡同没有搬出城外。有一天,我到东安市场北门对门的一家著名的理发馆里去理发,猛然瞥见老舍先生也在那里,正躺在椅子上,下巴上白糊糊的一团肥皂泡沫,正让理发师刮脸。这不是谈话的好时机,只寒暄了几句,就什么也不说了。等我坐在椅子上时,从镜子里看到他跟我打招呼,告别,看到他的身影走出门去。我理完发要付钱时,理发师说:老舍先生已经替我付过了。这样芝麻绿豆的小事殊不足以见老舍先生的精神;但是,难道也不足以见他这种细心体贴人的心情吗?

老舍先生的道德文章,光如日月,巍如山斗,用不着我来细加评论,我也没有那个能力。我现在写的都是一些小事。然而小中见大,于琐细中见精神,于平凡中见伟大,豹窥一斑,鼎尝一脔,不也能反映出老舍先生整个人格的一个缩影吗?

中国有一句俗话:"好死不如赖活着。"这一句话道出了一个真理。一个人除非万不得已绝不会自己抛掉自己的生命。印度梵文中"死"这个动词,变化形式同被动态一样。我一直觉得非常有趣,非常有意思。印度古代语法学家深通人情,才创造出这样一个形式。死几乎都是被动的,有几个人主动地去死呢?老舍先生走上自沉这一条道路,必有其不得已之处。有人说,人在临死前总会想到许多许多东西的,他会想到自己的一生的。可惜我还没有这个经验,只能在这里胡思乱想。当老舍先生徘徊在湖水岸边决心自沉时,眼望湖水茫茫,心里悲愤填膺,唤天天不应,唤地地不答,悠悠天地,仿佛只剩下自己孤身一人,他会想到自己的一生吧!这一生是忠诚于祖国、忠诚于人民的一生,然而到头来却落到这等地步。为什么呢?究竟是为什么呢？如果自己留在美国不回来，著书立说，悠游自在，洋房、汽车、声名禄利，无一缺少，舒舒服服地过一辈子，说不定能寿登耄耋，富埒王侯。他不是为了热爱自己的祖国母亲，才毅然历尽艰辛回来的吗？是今天祖国母亲无法庇护自己那远方归来的游子了呢？还是不愿意庇护了呢？我猜想，老舍先生绝不会埋怨自己的祖国母亲，祖国母亲永远是可爱的，在任何情况下都是可爱的。他也绝不会后悔回来的，但是，他确实有一些问题难以理解，他只有横下一条心，一死了之。这样的问题，我们今天又有谁能够理解呢？我想，老舍先生还会想到自己院子里种的柿子树和菊花，他当然也会想到自己的亲人，想到自己的朋友。所有这一些都是十分美好可爱的。对于这一些难道他就一点也不留恋吗？绝不会的，绝不会的，但是，有一种东西梗在他的心中，像大毒蛇缠住了他，他只能纵身一跳，投入波心，让弥漫的湖水给自己带来解脱了。

　　两千多年以前，屈原自沉于汨罗江。他行吟泽畔，心里想的恐怕同老舍先生有类似之处吧。他想到："蝉翼为重，千钧为轻；黄钟毁弃，瓦釜雷鸣。"他又想到："世人皆浊我独清，众人皆醉我独醒。"难道老舍先生也这样想过吗？这样的问题，有谁能够答复我呢？恐怕到了地球末日也没有人能答复了。我在泪眼模糊中，看到老舍先生戴着眼镜，在和蔼地对我笑着；我耳朵里仿佛听到了他那铿锵有节奏的北京话。我浑身颤抖，连灵魂也在剧烈地震动。

　　呜呼！我欲无言。

一九八七年十月一日晨

名师赏析

　　作者怀着悲痛和怀念写下了这篇回忆老舍先生的文章，即使距离老舍先生的离世已有二十多年，作者仍然难以抑制内心的悲痛，有关老舍先生的往事一幕幕浮上心头：读老舍先生作品，作者喜欢那种跳动在文字间的"新鲜活泼的力量"；见老舍先生本人，作者喜欢那蔼然可亲和京腔的铿锵有致。相隔二十多年再见老舍先生的时候，欣喜如常，就连一起吃饭，都折服于老舍先生对百姓生活的熟悉、对普罗大众的亲近。老舍先生对大家在生活小事上的关心和体贴，让人倍感温暖，心生敬重！作者通过这些小事来赞美老舍先生，"于琐细中见精神，于平凡中见伟大"。这样一位令人敬重的人却选择了自沉，作者对此百思不得其解，甚至联想到了屈原的命运。作者的所有猜测和推想中蕴含着无比的心痛，细读这段文字和结尾的感叹，我们能深切地感受到作者对老舍先生发自内心的敬仰，我们能看见作者内心的惋惜和痛楚！

我的朋友臧克家

我只是克家同志的最老的老朋友之一，我们的友谊已经有六十多年了。我们中国评论一个人总是说道德文章，把道德摆在前边，这是我们中华民族优秀文化的表现之一，跟西方不一样。那么我就根据这个标准，把过去六十多年中间克家给我的印象讲一讲。

第一个讲道德。克家曾在一首诗里说过，一个叫责任感，一个叫是非感，我觉得道德应该从这地方来谈谈。是非、责任，不是小是小非，而是大是大非。什么叫大是大非呢？大是大非就是关系到我们祖国，关系到我们人民，关系到世界，也就是要拥护社会主义、拥护共产主义，这是大是大非。我觉得责任也在这个地方，克家在过去七十多年中间，尽管我们国内的局势变化万千，可是克家始终没有落伍，能够跟得上我们时代的步伐，我觉得这是非常难得的。这就是大是大非，就是重大的责任。我觉得从这地方来看，克家是一个真正的人。至于个人，他给我的印象是一个像火一样热情的诗人，对朋友忠诚可靠，终生不渝，这也是非常难得的。关于道德，我就讲这么几句。

关于文章呢，这就讲外行话了。当年我在清华大学念书，就读到克家的《烙印》《罪恶的黑手》。我不是搞中国文学的，但我有个感觉就是克家做诗受了闻一多先生的影响。我一直到今天,作为一个诗的外行来讲,我觉得做诗、写诗,既然叫诗,就应该有形式。那种没形式的诗,愧我不才,不敢苟同。克家一直重视诗,我觉得这里边有我们中国文化的传统。我们中国的语言有一个特点,就是讲炼字、炼句,这个问题,在欧洲也不能说没有,不过不能像中国这么普遍这样深刻。过去文学史上传来许多佳话,像"云破月来花弄影"那个"弄"字,"红杏枝头春意闹"那个"闹"字,"春风又绿江南岸"那个"绿"字。可惜的是炼字这种功夫现在好像一些年轻人不大注意了。文字是我们写作的工具。我们写诗、写文章必须知道我们使用的工具的特点。莎士比亚用英文写作,英文就是他的工具。歌德用德文写作,德文就是他的工具。我们使用汉字,汉字就是我们的工具。可现在有些作家,特别是诗人,忘记了他的工具是汉字。是汉字,就有炼字、炼句的问题,这一点不能不注意。克家呢,我觉得他一生在这方面倾注了很多的心血,而且获得了很大的成功。克家的诗我都看过,可是我不敢赞一词,我只想从艺术性来讲。我觉得克家对这方面非常重视。这个问题非常重要。我因此就想到一个问题,可这个问题太大了,但我还想讲一讲。我觉得我们过去多少年来研究中国文学史,特别是古典文学,好像我们对政治性重视,这个应该。可是对艺术性呢,我觉得重视得很不够。大家打开今天的文学史看看,讲政治性,讲得好像最初也不是那么深刻,一看见"人民"这样的词,类似"人民"这样的词,就如获至宝;对艺术性,则三言两语带过,我觉得这是很不妥当的。一篇作品,不管是诗歌还是小说,艺术性跟思想性总是辩证统一的,强调一方面,丢掉另外一方面是不全面的。因此我想到，是不是我们今天研究文学的，特别是研究古典文学的，应该在艺术性方面更重视一点。我甚至想建议：重写我们的文学史。现在流行的许多文学史都存在着我说的这个毛病。我觉得，真正的文学史不应该是这个样子。

我祝我的老朋友克家九十、一百、一百多、一百二十，他的目的是一百二十，所以我想祝他长寿！健康！

一九九四年十月十八日

名师赏析

谈及六十多年的老朋友臧克家，作者对他是很佩服的。文章结构很清晰，作者从评价一个人的"道德文章"入手，从道德和文章两方面来谈对诗人臧克家的印象。"道德"方面，作者高度赞誉臧克家的责任感和是非感，夸奖他在大是大非面前的正确坚定的立场和高度的责任感，还有对朋友忠诚可靠、终生不渝。"文章"方面，虽然作者谦虚地说自己讲的是"外行话"，然而细读下来，我们会发现他用自己诚实对待学问的态度，讲出了真道理。作者认为臧克家在创作中非常重视艺术性，彰显了中国文字的优势，借此作者申明了他对文学创作的观点——思想性和艺术性的统一。作者敢说真话、表达真情的特点，一直贯穿在他的作品中，从未改变。

第三辑
人间万物

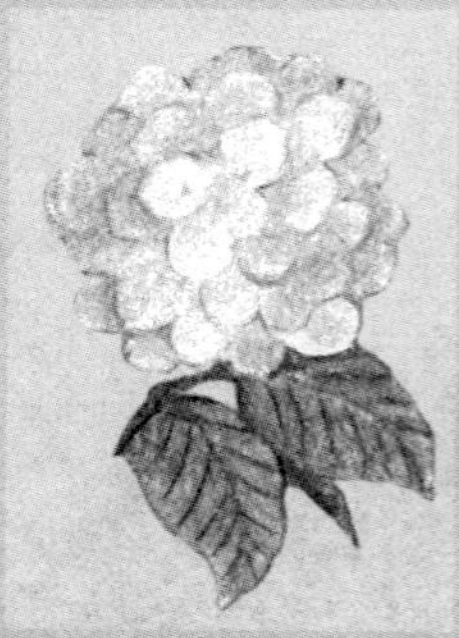

枸杞树

在不经意的时候，一转眼便会有一棵苍老的枸杞树的影子飘过。这使我困惑。最先是去追忆：什么地方我曾看见这样一棵苍老的枸杞树呢？是在某处的山里么？是在另一个地方的一个花园里么？但是，都不像。最后，我想到才到北平时住的那个公寓；于是我想到这棵苍老的枸杞树。

我现在还能很清晰地温习一些事情：我记得初次到北平时，在前门下了火车以后，这古老都市的影子，便像一个秤锤，沉重地压在我的心上。我迷惘地上了一辆洋车，跟着木屋似的电车向北跑。远处是红的墙，黄的瓦。我是初次看到电车的；我想，"电"不是很危险吗？后面的电车上的脚铃响了；我坐的洋车仍然在前面悠然地跑着。我感到焦急，同时，我的眼仍然"如入山阴道上，应接不暇"，我仍然看到，红的墙，黄的瓦。终于，在焦急、又因为初踏入一个新的境地而生的迷惘的心情下，折过了不知多少满填着黑土的小胡同以后，我被拖到西城的某一个公寓里去了。我仍然非常迷惘而有点儿近于慌张，眼前的一切都仿佛给一层轻烟笼罩起来似的。我看不清院子里有什么东西，我甚至也没有看清我住的小屋。黑夜跟着来了，我便糊里糊涂地睡下去，做了许许多多离奇古怪的梦。

虽然做了梦，但是我没有能睡得很熟。刚看到窗上有点儿发白，我就起来了。因为心比较安定了一点儿，我才开始看得清楚：我住的是北屋，屋前的小院里，有不算小的一缸荷花，四周错落地摆了几盆杂花。我记得很清楚：这些花里面有一棵仙人头，几天后，还开了很大的一朵白花，但是最惹我注意的，却是靠墙长着的一棵枸杞树，已经长得高过了屋檐，枝干苍老勾曲，像千年的古松，树皮皱着，色是黝黑的，有几处已经开了裂。幼年在故乡的时候，常听人说，枸杞树是长得非常慢的，很难成为一棵树。现在居然有这样一棵虬干的老枸杞树站在我面前，真像梦；梦又掣开了轻绡的网，我这是站在公寓里么？于是，我问公寓的主人，这枸杞有多大年龄了，他也渺茫：他初次来这里开公寓时，这树就是现在这样，三十年来，没有多少变动。这更使我惊奇，我用惊奇的眼光注视着这苍老的枝干在沉默着，又注视着接连着树顶的蓝蓝的长天。

　　就这样，我每天看书乏了，就总到这棵树底下徘徊。在细弱的枝条上，蜘蛛结了网，间或有一片树叶儿或苍蝇蚊子之流的尸体粘在上面。在有太阳或灯光照上去的时候，这小小的网也会反射出细弱的清光来。倘若再走近一点儿，你又可以看到许多叶上都爬着长长的绿色的虫子，在爬过的叶上留了半圆的缺口。就在这有着缺口的叶片上，你可以看到各样的斑驳陆离的彩痕。对了这彩痕，你可以随便想到什么东西：想到地图，想到水彩画，想到被雨水冲过的墙上的残痕，再玄妙一点儿，想到宇宙，想到有着各种彩色的迷离的梦影。这许许多多的东西，都在这小的叶片上呈现给你。当你想到地图的时候，你可以任意指定一个小的黑点儿，算作你的故乡。再大一点儿的黑点儿，算作你曾游过的湖或山，你不是也可以在你心的深处浮起点儿温热的感觉么？这苍老的枸杞树就是我的宇宙。不，这叶片就是我的全宇宙。我替它把长长的绿色的虫子拿下来，摔在地上。对着它，我描画着自己种种涂着彩色的幻象。我把我的童稚的幻想，拴在这苍老的枝干上。

在雨天，牛乳色的轻雾给每件东西涂上一层淡影。这苍黑的枝干更显得黑了。雨住了的时候，有一两个蜗牛在上面悠然地爬着，散步似的从容。蜘蛛网上残留的雨滴，静静地发着光。一条虹从北屋的脊上伸展出去，像拱桥不知伸到什么地方去了。这枸杞的顶尖就正顶着这桥的中心。不知从什么地方来的阴影，渐渐地爬过了西墙。墙隅的蜘蛛网，树叶浓密的地方仿佛把这阴影捉住了一把似的，渐渐地黑起来。只剩了夕阳的余晖返照在这苍老的枸杞树的圆圆的顶上，淡红的一片，熠耀着，俨然如来佛头顶上金色的圆光。

以后，黄昏来了，一切角隅皆为黄昏所占领了。我同几个朋友出去到西单一带散步。穿过了花市，晚香玉在薄暗里发着幽香。不知在什么时候，什么地方，我曾读过一句诗："黄昏里充满了木樨花的香。"我觉得很美丽。虽然我从来没有闻到过木樨花的香，虽然我明知道现在我闻到的是晚香玉的香。但是我总觉得我到了那种缥缈的诗意的境界似的。在淡黄色的灯光下，我们摸索着转进了幽黑的小胡同，走回了公寓。这苍老的枸杞树只剩下了一团凄迷的影子，靠北墙站着。

跟着来的是个长长的夜。我坐在窗前读着预备考试的功课。大头尖尾的绿色小虫，在糊了白纸的玻璃窗外有所寻觅似的撞击着。不一会儿，一个从缝里挤进来了，接着又一个，又一个。成群地围着灯飞。当我听到卖"玉米面饽饽"那戛长的永远带点儿寒冷的声音,从远处的小巷里越过了墙飘了过来的时候,我便捻熄了灯,睡下去。于是又开始了同蚊子和臭虫的争斗。在静静的长夜里,忽然醒了,残梦仍然压在我心头,倘若我听到又有寒寒的声音在这棵苍老的枸杞树周围,我便知道外面又落了雨。我注视着这神秘的黑暗,我描画给自己:这枸杞树的苍黑的枝干该更黑了罢;那只蜗牛有所趋避该匆匆地在向隐僻处爬去罢;小小的圆的蜘蛛网,该又捉住雨滴了罢;这雨滴在黑夜里能不能静静地发着光呢?我做着天真的童话般的梦。我梦到了这棵苍老的枸杞树——这枸杞树也做梦么?第二天早晨起来,外面真的还在下着雨。空气里充满了清新的沁人心脾的清香。荷叶上顶着珠子似的雨滴,蜘蛛网上也顶着,静静地发着光。

在如火如荼的盛夏转入初秋的澹远里去的时候,我这种诗意的,又充满了稚气的生活,终于不能继续下去。我离开这公寓,离开这苍老的枸杞树,移到清华园里来,到现在差不多四年了。这园子素来是以水木著名的。春天里,满园里怒放着红的花,远处看,红红的一片火焰。夏天里,垂柳拂着地,浓翠扑上人的眉头。红霞般的爬山虎给冷清的深秋涂上一层凄艳的色彩。冬天里,白雪又把这园子安排成为一个银的世界。在这四季,又都有西山的一层轻缈的紫气,给这园子添了不少的光辉。这一切颜色:红的,翠的,白的,紫的,混合地涂上了我的心,在我心里幻成一幅绚烂的彩画。我做着红色的,翠色的,白色的,紫色的,各样颜色的梦。论理说起来,我在西城的公寓做的童话般的梦,早该被挤到不知什么地方去了。但是,我自己也不了解，在不经意的时候，总有一棵苍老的枸杞树的影子飘过。飘过了春天的火焰似的红花；飘过了夏天的垂柳的浓翠；飘过了红霞似的爬山虎，一直到现在，是冬天，白雪正把这园子装成银的世界。混合了氤氲的西山的紫气，静定在我的心头。在一个浮动的幻影里，我仿佛看到：有夕阳的余晖返照在这棵苍老的枸杞树的圆圆的顶上，淡红的一片，熠耀着，像如来佛头顶上的金光。

一九三三年十二月八日雪之下午

名师赏析

这是季羡林先生1933年写的第一篇抒情散文，记录了他19岁高中毕业后远离家乡来北京求学的心路历程。当时他怀揣梦想住在西城一个公寓里读书备考，院内一棵苍老的枸杞树陪伴着他度过这段"有点惊异，有点担心，有点好奇，又有点迷惘"的日子。开篇首句成为全文的主旋律，也是这株苍老的枸杞树静定在作者心头的明证。在那个小院里，老枸杞树就像一位智者，陪伴作者读书和思考，众多的生活细节带给作者以生活启示和生命慰藉：第三段写难以长大的枸杞树历经岁月洗礼高过屋檐，枝干苍老勾曲，像千年的古松，让作者悟到一个真理——只有搏击风雨、饱受忧患方能让自己更加敦厚丰盈；第四、五段写作者在枸杞树下发现了小生命的活动，看到了叶片上的彩痕，产生了丰富的联想，枸杞树就是这样以其静默与敦厚给了年轻时候的作者以精神上的慰藉。身在异乡、举目无亲、前途迷茫，这棵饱经风霜的老树就是他的"宇宙"。这是一段不可磨灭的成长记忆，无论何时何地，哪怕是住进了美丽的清华园，质朴的枸杞树仍然鲜活地留在作者心中。细读文中两处关于夕阳余晖落在枸杞树顶时如诗如画般美妙意境的描写，你会发现：作者对枸杞树在夕阳之中的独特神韵的喜爱，已经变换为对往日岁月的铭记与怀念！

马缨花

曾经有很长的一段时间,我孤零零一个人住在一个很深的大院子里。从外面走进去,越走越静,自己的脚步声越听越清楚,仿佛从闹市走向深山。等到脚步声成为空谷足音的时候,我住的地方就到了。

院子不小,都是方砖铺地,三面有走廊。天井里遮满了树枝,走到下面,浓荫匝地,清凉蔽体。从房子的气势来看,从梁柱的粗细来看,依稀还可以看出当年的富贵气象。

这富贵气象是有来源的。在几百年前,这里曾经是明朝的东厂。不知道有多少忧国忧民的志士曾在这里被囚禁过,也不知道有多少人在这里受过苦刑,甚至丧掉性命。据说当年的水牢现在还有迹可寻哩。

等到我住进去的时候,富贵气象早已成为陈迹,但是阴森凄苦的气氛却是原封未动。再加上走廊上陈列的那一些汉代的石棺石椁,古代的刻着篆字和隶字的石碑,我一走回这个院子里,就仿佛进入了古墓。这样的环境,这样的气氛,把我的记忆提到几千年前去;有时候我简直就像是生活在历史里,自己俨然成为古人了。

这样的气氛同我当时的心情是相适应的,我一向又不相信有什么鬼神,所以我住在这里,也还处之泰然。

但是也有紧张不泰然的时候。往往在半夜里,我突然听到推门的声音,声音很大,很强烈。我不得不起来看一看。那时候经常停电。我只能在黑暗中摸索着爬起来,摸索着找门,摸索着走出去。院子里一片浓黑,什么东西也看不见。连树影子也仿佛同黑暗粘在一起,一点都分辨不出来。我只听到大香椿树上有一阵窸窸窣窣的声音,然后咪噢的一声,有两只小电灯似的眼睛从树枝深处对着我闪闪发光。

这样一个地方,对我那些经常来往的朋友们来说,是不会引起什么好感的。有几位在白天还有兴致来找我谈谈,他们很怕在黄昏时分走进这个院子。万一有事,不得不来,也一定在大门口向工友再三打听,我是否真在家里,然后才有勇气,跋涉过那一个长长的胡同,走过深深的院子,来到我的屋里。有一次,我出门去了,看门的工友没有看见。一位朋友走到我住的那个院子里,在黄昏的微光中,只见一地树影,满院石棺,我那小窗上却没有灯光。他的腿立刻抖了起来,费了好大力量,才拖着它们走了出去。第二天我们见面时,谈到这点经历,两人相对大笑。

我是不是也有孤寂之感呢?应该说是有的。当时正是"万家墨面没蒿莱"的时代,北京城一片黑暗。白天在学校里的时候,同青年同学在一起,从他们那蓬蓬勃勃的斗争意志和生命活力里,还可以汲取一些力量和快乐,精神十分振奋。但是,一到晚上,当我孤零一个人走回这个所谓家的时候,我仿佛遗世而独立。没有人声,没有电灯,没有一点活气。在煤油灯的微光中,我只看到自己那高得、大得、黑得惊人的身影在四面的墙壁上晃动，仿佛是有个巨灵来到我的屋内。寂寞像毒蛇似的偷偷地袭来，折磨着我，使我无所逃于天地之间。

在这样无可奈何的时候，有一天，在傍晚的时候，我从外面一走进那个院子，蓦地闻到一股似浓似淡的香气。我抬头一看，原来是遮满院子的马缨花开花了。在这以前，我知道这些树都是马缨花；但是我却没有十分注意它们。今天它们用自己的香气告诉了我它们的存在。这对我似乎是一件新事。我不由得就站在树下，仰头观望：细碎的叶子密密地搭成了一座天棚，天棚上面是一层粉红色的细丝般的花瓣，远处望去，就像是绿云层上浮上了一团团的红雾。香气就是从这一片绿云里洒下来的，洒满了整个院子，洒满了我的全身，使我仿佛游泳在香海里。

花开也是常有的事，开花有香气更是司空见惯。但是，在这样一个时候，这样一个地方，有这样的花，有这样的香，我就觉得很不寻常；有花香慰我寂寥，我甚至有一些近乎感激的心情了。

从此，我就爱上了马缨花，把它当成了自己的知心朋友。

北京终于解放了。1949年的10月1日给全中国带来了光明与希望，给全世界带来了光明与希望。这一个具有重大意义的日子在我的生命里划上了一道鸿沟，我仿佛重新获得了生命。可惜不久我就搬出了那个院子，同那些可爱的马缨花告别了。

时间也过得真快，到现在，才一转眼的工夫，已经过去了十三年。这十三年是我生命史上最重要、最充实、最有意义的十三年。我看了很多新东西，学习了很多新东西，走了很多新地方。我当然也看了很多奇花异草。我曾在亚洲大陆最南端科摩林海角看到高凌霄汉的巨树上开着大朵的红花；我曾在缅甸的避暑胜地东枝看到开满了小花园的火红照眼的不知名的花朵；我也曾在塔什干看到长得像小树般的玫瑰花。这些花都是异常美妙动人的。

然而使我深深地怀念的却仍然是那些平凡的马缨花。我是多么想见到它们呀！

最近几年来，北京的马缨花似乎多起来了。在公园里，在马路旁边，在大旅馆的前面，在草坪里，都可以看到新栽种的马缨花。细碎的叶子密密地搭成了一座座的天棚，天棚上面是一层粉红色的细丝般的花瓣。远处望去，就像是绿云层上浮上了一团团的红雾。这绿云红雾飘满了北京。衬上红墙、黄瓦，给人民的首都增添了绚丽与芬芳。

我十分高兴。我仿佛是见了久别重逢的老友。但是，我却隐隐约约地感觉到，这些马缨花同我回忆中的那些很不相同。叶子仍然是那样的叶子，花也仍然是那样的花；在短短的十几年以内，它绝不会变了种。它们不同之处究竟何在呢？

我最初确实是有些困惑，左思右想，只是无法解释。后来，我扩大了我回忆的范围，不把回忆死死地拴在马缨花上面，而是把当时所有同我有关的事物都包括在里面。不管我是怎样喜欢院子里那些马缨花，不管我是怎样爱回忆它们，回忆的范围一扩大，同它们联系在一起的不是黄昏，就是夜雨，否则就是迷离凄苦的梦境。我好像是在那些可爱的马缨花上面从来没有见到哪怕是一点点阳光。

然而，今天摆在我眼前的这些马缨花，却仿佛总是在光天化日之下。即使是在黄昏时候，在深夜里，我看到它们，它们也仿佛是生气勃勃，同浴在阳光里一样。它们仿佛想同灯光竞赛，同明月争辉。同我回忆里那些马缨花比起来，一个是照相的底片，一个是洗好的照片；一个是影，一个是光。影中的马缨花也许是值得留恋的，但是光中的马缨花不是更可爱吗？

我从此就爱上了这光中的马缨花。而且我也爱藏在我心中的这一个光与影的对比。它能告诉我很多事情，带给我无穷无尽的力量，送给我无限的温暖与幸福；它也能促使我前进。我愿意马缨花永远在这光中含笑怒放。

一九六二年十月一日

名师赏析

在季先生的眼里，世间风景是怎样的？平凡中见不凡。马缨花，这看似平凡的植物，因为与人的生活有了交集，便焕发出不一样的光彩！马缨花，并非开篇就出场了，作者用很长的篇幅描述了自己当时的生活环境，独自居住在阴森凄苦的大院，连朋友都不敢晚上造访。有了这样的铺垫，孤寂中的作者与院子里的马缨花相遇的那个傍晚，慰藉寂寥的花香成为他一生难忘的回忆。无论走过多少地方，看过多少惊艳的花朵，他深深怀念的仍是平凡的马缨花。马缨花再次出现时，场景换成了新中国，看着阳光下充满生机与活力的马缨花，作者内心的喜悦和幸福溢于言表。马缨花，成为作者寄托情感的载体。对于新旧两个不同时代的情感，作者通过写自己对马缨花情感的变化，表达出自己的心情和生活态度的变化。文中关于"影"和"光"的比喻兼对比，新颖自然；作者借物抒情，也确是真情。先生的文字，最动人之处就在于讲真话、诉真情，他透过文字展现在我们面前的是饱经沧桑却纯净透明的内心世界。

槐 花

自从移家朗润园,每年在春夏之交的时候,我一出门向西走,总是清香飘拂,溢满鼻官。抬眼一看,在流满了绿水的荷塘岸边,在高高低低的土山上面,就能看到成片的洋槐,满树繁花,闪着银光;花朵缀满高树枝头,开上去,开上去,一直开到高空,让我立刻想到新疆天池上看到的白皑皑的万古雪峰。

这种槐树在北方是非常习见的树种。我虽然也陶醉于氤氲的香气中,却从来没有认真注意过这种花树——惯了。

有一年,也是在这样春夏之交的时候,我陪一位印度朋友参观北大校园。走到槐花树下,他猛然用鼻子吸了吸气,抬头看了看,眼睛瞪得又大又圆。我从前曾看到一幅印度人画的人像,为了夸大印度人眼睛之大,他把眼睛画得扩张到脸庞的外面。这一回我真仿佛看到这一位印度朋友瞪大了的眼睛扩张到面孔以外来了。

"真好看呀!这真是奇迹!"

"什么奇迹呀?"

"你们这样的花树。"

"这有什么了不起呢?我们这里多得很。"

"多得很就不了不起了吗?"

我无言以对,看来辩论下去已经毫无意义了。可是他的话却对我起了作用:我认真注意槐花了,我仿佛第一次见到它,非常陌生,又似曾相识。我在它身上发现了许多新的以前从来没有发现的东西。

在沉思之余,我忽然想到,自己在印度也曾有过类似的情景。我在海德拉巴看到耸入云天的木棉树时,也曾大为惊诧。碗口大的红花挂满枝头,殷红如朝阳,灿烂似晚霞,我不禁大为慨叹:

"真好看呀!简直神奇极了!"

"什么神奇?"

"这木棉花。"

"这有什么神奇呢?我们这里到处都有。"

陪伴我们的印度朋友满脸迷惑不解的神气。我的眼睛瞪得多大,我自己看不到。现在到了中国,在洋槐树下,轮到印度朋友(当然不是同一个人)瞪大眼睛了。

在我们的日常生活中,我们都有这样一个经验:越是看惯了的东西,便越是习焉不察,美丑都难看出。这种现象在心理学上是容易解释的:一定要同客观存在的东西保持一定的距离,才能客观地去观察。难道我们就不能有意识地去改变这种习惯吗?难道我们就不能永远用新的眼光去看待一切事物吗?

我想自己先试一试看,果然有了神奇的效果。我现在再走过荷塘看到槐花,努力在自己的心中制造出第一次见到的幻想,我不再熟视无睹,而是尽情地欣赏。槐花也仿佛是得到了知己,大大小小、高高低低的洋槐,似乎在喃喃自语,又对我讲话。周围的山石树木,仿佛一下子活了起来,一片生机,融融氤氲。荷塘里的绿水仿佛更绿了；槐树上的白花仿佛更白了；人家篱笆里开的红花仿佛更红了。风吹，鸟鸣，都洋溢着无限生气。一切眼前的东西联在一起，汇成了宇宙的大欢畅。

一九八六年六月三日

名师赏析

"越是看惯了的东西，便越是习焉不察，美丑都难看出。"这份经验，每个人都有，可是并不是每个人都能发现。季先生不仅发现了，而且给了我们很好的提示：对熟悉的事物不应熟视无睹，而应用新眼光发现其美好并珍惜它。此文名为"槐花"，却并不在于描摹槐花的美丽，而在于借看槐花的眼光来写看世界的眼光。作者寓理于事：自己看惯了槐花，就习以为常了；印度朋友习惯了看木棉花，也不感到神奇了。想到印度朋友在中国看槐花和自己在印度看木棉花的反应，作者发现"一定要同客观存在的东西保持一定的距离，才能客观地去观察"，从而领悟到"难道我们就不能永远用新的眼光去看待一切事物吗？"于是，因为有了眼光的变化，作者眼前的世界忽然变得不一样了，不仅觉得槐花似乎是"知己"，就连周围的景物都变得生机盎然！留心生活中易忽视的点滴美好，你会发现：你的生活里有很多值得珍惜的美好瞬间，你的生命也会变得更加充满生机与智慧！

从南极带来的植物

小友兼老友唐老鸭(师曾)自南极归来。在北大为我举行九十岁华诞庆祝会的那一天,他来到了北大,身份是记者:全身披挂,什么照相机,录像机,这机,那机,我叫不出名堂来的一些机,看上去至少有几十斤重,活灵活现地重现海湾战争孤身采访时的雄风。一见了我,在忙着拍摄之余,从裤兜里掏出来一个信封,里面装着什么东西,郑重地递了给我。信封上写着几行字:

祝季老寿比南山
南极长城站的植物,每100年长一毫米,此植物已有6000岁。

唐老鸭敬上

这几行字真让我大吃一惊,手里的分量立刻重了起来。打开信封,里面装着一株长在仿佛是一块铁上面的"小草"。当时祝寿会正要开始,大厅里挤满了几百人,熙来攘往,拥拥挤挤,我没有时间和心情去仔细观察这一株小草。

夜里回到家里,时间已晚,没有时间和精力把这一株"仙草"拿出来仔细玩赏。第二天早晨才拿了出来。初看之下，觉得没有什么稀奇之处，这不就是一棵平常的"草"嘛，同我们这里遍地长满了的野草从外表上来看差别并不大。但是，当我擦了擦昏花的老眼再仔细看时，它却不像是一株野草，而像是一棵树，具体而微的树，有干有枝。枝子上长着一些黑色的圆果。我眼睛一花，原来以为是小草的东西，蓦地变成了参天大树，树上搭满鸟巢。树扎根的石块或铁块一下子变成了一座大山，巍峨雄奇。但是，当我用手一摸时，植物似乎又变成了矿物，是柔软的能屈能折的矿物。试想这一棵什么物从南极到中国，飞越千山万水，而一枝叶条也没有断，至今在我的手中也是一丝不断，这不是矿物又是什么呢？

我面对这一棵什么物，脑海里疑团丛生。

是草吗？不是。

是树吗？也不是。

是植物吗？不像。

是矿物吗？也不像。

它究竟是什么东西呢？我说不清楚。我只能认为它是从南极万古冰原中带来的一个奇迹。既然唐老鸭称之为植物，我们就算它是植物吧。我也想创造两个新名词：像植物一般的矿物，或者像矿物一般的植物。英国人有一个常用的短语：at one's wits'end，"到了一个人智慧的尽头"，我现在真走到了我的智慧的尽头了。

在这样智穷力尽的情况下，我面对这一个从南极来的奇迹，不禁浮想联翩。首先是它那六千年的寿命。在天文学上，在考古学上，在人类生活中，六千是一个很小的数目，没有什么值得大惊小怪的地方。但是，在人类有了文化以后的历史上，在国家出现的历史上，它却是一个很大的数目。中国满打满算也不过说有五千年的历史。连那一位玄之又玄的老祖宗黄帝，据一般词典的记载，也不过说他约生在公元前26世纪，距今还不满五千年。连世界上国家产生比较早的国家，比如埃及和印度，除了神话传说以外，也达不到六千年。我想，我们可以说，在这一株"植物"开始长的时候，人类还没有国家。说是"宇宙洪荒"，也许是太过了一点。但是，人类的国家，同它比较起来，说是瞠乎后矣，大概是可以的。

想到这一切，我面对这一株不起眼儿的"植物"，难道还能不惊诧得瞠目结舌吗？

再想到人类的寿龄和中国朝代的长短，更使我的心进一步地震动不已。古人诗说："人生不满百，常怀千岁忧。"在过去，人们总是互相祝愿"长命百岁"。对人生来说，百岁是长极长极了的。然而南极这一株"植物"在一百年内只长一毫米。中国历史上最长的朝代是周代，约有八百年之久。在这八百年中，人间发生了多么大的变动呀。春秋和战国都包括在这个期间。百家争鸣，何等热闹。云谲波诡，何等奇妙。然而，南极这一株"植物"却在万古冰原中，沉默着，忍耐着，只长了约八毫米。周代以后，秦始皇登场，修筑了令全世界惊奇的长城。接着登场的是赫赫有名的汉祖、唐宗等等一批人物，半生征战，铁马金戈，杀人盈野，血流成河。一直到了清代末叶，帝制取消，军阀混战，最终是建成了中华人民共和国。两千多年的历史，千头万绪的史实，五彩缤纷，错综复杂，头绪无数，气象万千，现在大学里讲起中国通史，至少要讲上一学年，还只能讲一个轮廓。倘若细讲起来，还需要断代史，以及文学、哲学、经济、艺术、宗教、民族等等的历史。至于历史人物，则有的成龙，有的成蛇；有的流芳千古，有的遗臭万年，成了人们茶余酒后谈古论今的对象。在这两千多年的漫长悠久的岁月中，赤县神州的花花世界里演出了多少幕悲剧、喜剧、闹剧；然而，这一株南极的"植物"却沉默着、忍耐着只长了两厘米多一点。多么艰难的成长呀！

想到这一切，我面对这一株不起眼儿的"植物"，难道还能不惊诧得瞠目结舌吗？

我们的汉语中有"目击者"一个词儿，意思是"亲眼看到的人"。我现在想杜撰一个新名词儿"准目击者"，意思是"有可能亲眼看到的人或物"。"物"分动植两种，动物一般是有眼睛的，有眼就能看到。但是，植物并没有眼睛，怎么还能"击"（看到）呢？我在这里只是用了一个诗意的说法，请大家千万不要"胶柱鼓瑟"地或者"刻舟求剑"地去推敲，就说是植物也能看见吧。孔子是中国的圣人，是万世师表，万人景仰。到了今天，除了他那峨冠博带的画像之外，人类或任何动物绝不会有孔子的目击者。植物呢，我想，连四川青城山上的那一株老寿星银杏树，或者陕西黄帝陵上那一些十几个人合抱不过来的古柏，也不会是孔子的目击者。然而，我们这一株南极的"植物"却是有这个资格的，孔子诞生的时候它已经有三千多岁了。对它来说，孔子是后辈又后辈了。如果它当时能来到中国，"目击"孔子不是轻而易举的事情吗？

我不是生物学家，没有能力了解，这一株"植物"究竟是什么东西，我也没有向唐老鸭问清楚：在南极有多少像这样的

"植物"？如果有多种的话，它们是不是都是六千岁？如果不是的话，它们中最老的有几千岁？这样的"植物"还会不会再长？这样一系列的问题萦绕在我脑海中。我感兴趣的问题是，我眼前的这一株"植物"，身高六厘米，寿高六千岁。如果它或它那些留在南极的伙伴还继续长的话，再过六千年，也不过高一分米二厘米，仍然是一株不起眼儿的可怜兮兮的"植物"，难登大雅之堂。然而，今后的六千年却大大地不同于过去的六千年了。就拿过去一百年来看吧，科技发展，日新月异，过去连想都不敢想的事情，现在做到了；过去认为是幻想的东西，现在是现实了。人类在太空可以任意飞行，连嫦娥的家也登门拜访到了。到了今天，更是分新秒异，谁也不敢说，新的科技将会把我们带向何方。一百年尚且如此，谁还敢想象六千年呢？到了那时候人类是否已经异化为非人类，至少是同现在的人类迥然不同的人类，谁又敢说呢？

　　想到这一切，念天地之悠悠，后不见来者，我面对这一株不起眼儿的"植物"，我只能惊诧得瞠目结舌了。

二〇〇一年七月二日

名师赏析

　　瞠目结舌，是季先生面对这株从南极带来的植物时的唯一反应，两次惊呼"难道还能不惊诧得瞠目结舌吗"，最后感叹"我只能惊诧得瞠目结舌了"。探究"瞠目结舌"的原因，我们会发现这种感受并不是来自植物本身，而是来自作者的联想，更重要的是在联想和对比中产生的感慨。这感慨，反复强调，一咏三叹，自然形成了条理清晰的几个部分。当作者从细细观察和费力揣测中认定了这是一个"奇迹"的时候，在面对这株植物"智穷力尽的情况下"便开始浮想联翩：首先，从六千年寿命想到人类的国家历史；然后，从人类的寿龄和中国朝代的长短想到"植物"的艰难生长；最后，回看人类世界的大历史、大变化，预想人类之未来，不禁惊叹自然造物之伟大、人类之渺小。作者思接千载，视通万里，在丰富的联想、对比中强化了这种感叹！文章不止一次提到这株"植物"一百年只长一毫米，反复强调其与众不同，突显了其生长的艰难与不易。人类历史风云变幻，热闹却短暂，而这微小的生命沉静而忍耐，却能穿越千年，叹为观止！

清塘荷韵

楼前有清塘数亩。记得三十多年前初搬来时,池塘里好像是有荷花的,我的记忆里还残留着一些绿叶红花的碎影。后来时移事迁,岁月流逝,池塘里却变得"半亩方塘一鉴开,天光云影共徘徊",再也不见什么荷花了。

我脑袋里保留的旧的思想意识颇多,每一次望到空荡荡的池塘,总觉得好像缺点儿什么。这不符合我的审美观念。有池塘就应当有点儿绿的东西,哪怕是芦苇呢,也比什么都没有强。最好的最理想的当然是荷花。中国旧的诗文中,描写荷花的简直是太多太多了。周敦颐的《爱莲说》读书人不知道的恐怕是绝无仅有的。他那一句有名的"香远益清"是脍炙人口的。几乎可以说,中国没有人不爱荷花的。可我们楼前池塘中独独缺少荷花。每次看到或想到,总觉得是一块心病。

有人从湖北来,带来了洪湖的几颗莲子,外壳呈黑色,极硬。据说,如果埋在淤泥中,能够千年不烂。因此,我用铁锤在莲子上砸开了一条缝,让莲芽能够破壳而出,不致永远埋在泥中。这都是一些主观的愿望,莲芽能不能够出,都是极大的未知数。反正我总算是尽了人事,把五六颗敲破的莲子投入池塘中,下面就是听天命了。

这样一来，我每天就多了一件工作：到池塘边上去看上几次。心里总是希望，忽然有一天，"小荷才露尖尖角"，有翠绿的莲叶长出水面。可是，事与愿违，投下去的第一年，一直到秋凉落叶，水面上也没有出现什么东西。经过了寂寞的冬天，到了第二年，春水盈塘，绿柳垂丝，一片旖旎的风光。可是，我翘盼的水面上却仍然没有露出什么荷叶。此时我已经完全灰了心，以为那几颗湖北带来的硬壳莲子，由于人力无法解释的原因，大概不会再有长出荷花的希望了。我的目光无法把荷叶从淤泥中吸出。

但是，到了第三年，却忽然出了奇迹。有一天，我忽然发现，在我投莲子的地方长出了几个圆圆的绿叶，虽然颜色极惹人喜爱；但是却细弱单薄，可怜兮兮地平卧在水面上，像水浮莲的叶子一样。而且最初只长出了五六个叶片。我总嫌这有点儿太少，总希望多长出几片来。于是，我盼星星，盼月亮，天天到池塘边上去观望。有校外的农民来捞水草，我总请求他们手下留情，不要碰断叶片。但是经过了漫漫的长夏，凄清的秋天又降临人间，池塘里浮动的仍然只是孤零零的那五六个叶片。对我来说，这又是一个虽微有希望但究竟仍令人灰心的一年。

真正的奇迹出现在第四年上。严冬一过，池塘里又溢满了春水。到了一般荷花长叶的时候，在去年漂浮着五六个叶片的地方，一夜之间，突然长出了一大片绿叶，而且看来荷花在严冬的冰下并没有停止行动，因为在离开原有五六个叶片的那块基地比较远的池塘中心，也长出了叶片。叶片扩张的速度，扩张范围的扩大，都是惊人地快。几天之内，池塘内不小一部分，已经全为绿叶所覆盖。而且原来平卧在水面上的像是水浮莲一样的叶片，不知道是从哪里聚集来了力量，有一些竟然跃出了水面，长成了亭亭的荷叶。原来我心中还迟迟疑疑，怕池中长的是水浮莲，而不是真正的荷花。这样一来，我心中的疑云一扫而光：池塘中生长的真正是洪湖莲花的子孙了。我心中狂喜，这几年总算是没有白等。

　　天地萌生万物，对包括人在内的动植物等有生命的东西，总是赋予一种极其惊人的求生存的力量和极其惊人的扩展蔓延的力量。这种力量大到无法抗御。只要你肯费力来观摩一下，就必然会承认这一点。现在摆在我面前的就是我楼前池塘里的荷花。自从几个勇敢的叶片跃出水面以后，许多叶片接踵而至。一夜之间，就出来了几十枝，而且迅速地扩散、蔓延。不到十几天的工夫，荷叶已经蔓延得遮蔽了半个池塘。从我撒种的地方出发，向东西南北四面扩展。我无法知道，荷花是怎样在深水中淤泥里走动。反正从露出水面的荷叶来看，它每天至少要走半尺的距离，才能形成眼前这个局面。

　　光长荷叶，当然是不能满足的。荷花接踵而至，而且据了解荷花的行家说，我门前池塘里的荷花，同燕园其他池塘里的，都不一样。其他地方的荷花，颜色浅红；而我这里的荷花，不但红色浓，而且花瓣多，每一朵花能开出十六个复瓣，看上去当然就与众不同了。这些红艳耀目的荷花，高高地凌驾于莲叶之上，迎风弄姿，似乎在睥睨一切。幼时读旧诗："毕竟西湖六月中，风光不与四时同。接天莲叶无穷碧，映日荷花别样红。"我爱其诗句之美，深恨没有能亲自到杭州西湖去欣赏一番。现在我门前池塘中呈现的就是那一派西湖景象。是我把西湖从杭州搬到燕园里来了,岂不大快人意也哉!前几年才搬到朗润园来的周一良先生赐名为"季荷"。我觉得很有趣,又非常感激。难道我这个人将以荷而传吗?

前年和去年,每当夏月塘荷盛开时,我每天至少有几次徘徊在塘边,坐在石头上,静静地吸吮荷花和荷叶的清香。"蝉噪林愈静,鸟鸣山更幽。"我确实觉得四周静得很。我在一片寂静中,默默地坐在那里,水面上看到的是荷花的绿肥、红肥。倒影映入水中,风乍起,一片莲瓣堕入水中,它从上面向下落,水中的倒影却是从下边向上落,最后一接触到水面,二者合为一,像小船似的漂在那里。我曾在某一本诗话上读到两句诗:"池花对影落,沙鸟带声飞。"作者深惜第二句对仗不工。这也难怪,像"池花对影落"这样的境界究竟有几个人能参悟透呢?

晚上,我们一家人也常常坐在塘边石头上纳凉。有一夜,天空中的月亮又明又亮,把一片银光洒在荷花上。我忽听扑通一声,是我的小白波斯猫毛毛扑入水中,它大概是认为水中有白玉盘,想扑上去抓住。它一入水,大概就觉得不对头,连忙矫捷地回到岸上,把月亮的倒影打得支离破碎,好久才恢复了原形。

今年夏天,天气异常闷热,而荷花则开得特欢。绿盖擎天,红花映日,把一个不算小的池塘塞得满而又满,几乎连水面都看不到了。一个喜爱荷花的邻居,天天兴致勃勃地数荷花的朵数。今天告诉我,有四五百朵;明天又告诉我,有六七百朵。但是,我虽然知道他为人细致,却不相信他真能数出确实的朵数。在荷叶底下,石头缝里,旮旮旯旯,不知还隐藏着多少菁葵儿，都是在岸边难以看到的。粗略估计，今年大概开了将近一千朵。真可以算是洋洋大观了。

连日来，天气突然变寒，好像是一下子从夏天转入秋天。池塘里的荷叶虽然仍然是绿油油的一片，但是看来变成残荷之日也不会太远了。再过一两个月，池水一结冰，连残荷也将消逝得无影无踪。那时荷花大概会在冰下冬眠，做着春天的梦。它们的梦一定能够圆的。"既然冬天到了，春天还会远吗？"

我为我的"季荷"祝福。

一九九七年九月十六日中秋节

名师赏析

一个人须对这世界怀有怎样的深情，才能如此耐心地守候生命的绽放？作者用自己的经历向我们展示了这样一种生命态度。文章叙述了安静守候的过程：空荡荡的池塘让作者觉得缺少蓬勃生机，满怀希冀和怜爱，作者将朋友从湖北洪湖捎来的几颗莲子投入池塘，在一年又一年的焦急等待中，终于守到蛰伏的莲子从破土而出至莲叶接天的一日，绿盖擎天，红花映日，其形其色，蔚为壮观。作者感慨：天地萌生万物，对包括人在内的动植物等有生命的东西，总是赋予一种极其惊人的求生力量和蔓延力量。季先生是学问家里少见的多情之人，他喜爱动物花草，常寓深情于草木虫鱼，又能从这些生命活着的姿态中有所领悟。本专辑的前四篇都有如此特色,此文尤甚。细读文本,我们会发现作者的写景都是为了衬托自己的心情,抒情又是为了烘托景物的变化,莲子、荷花的生存状态与作者的爱好、心境、情绪全都融合到一起,成为作者生活中不可缺的一部分,非常动人!他笔下的荷花是张扬生命的强者,是彻悟生命的智者。回顾季先生的人生际遇,我们能看见清塘之荷与尘世之人共有的神韵!

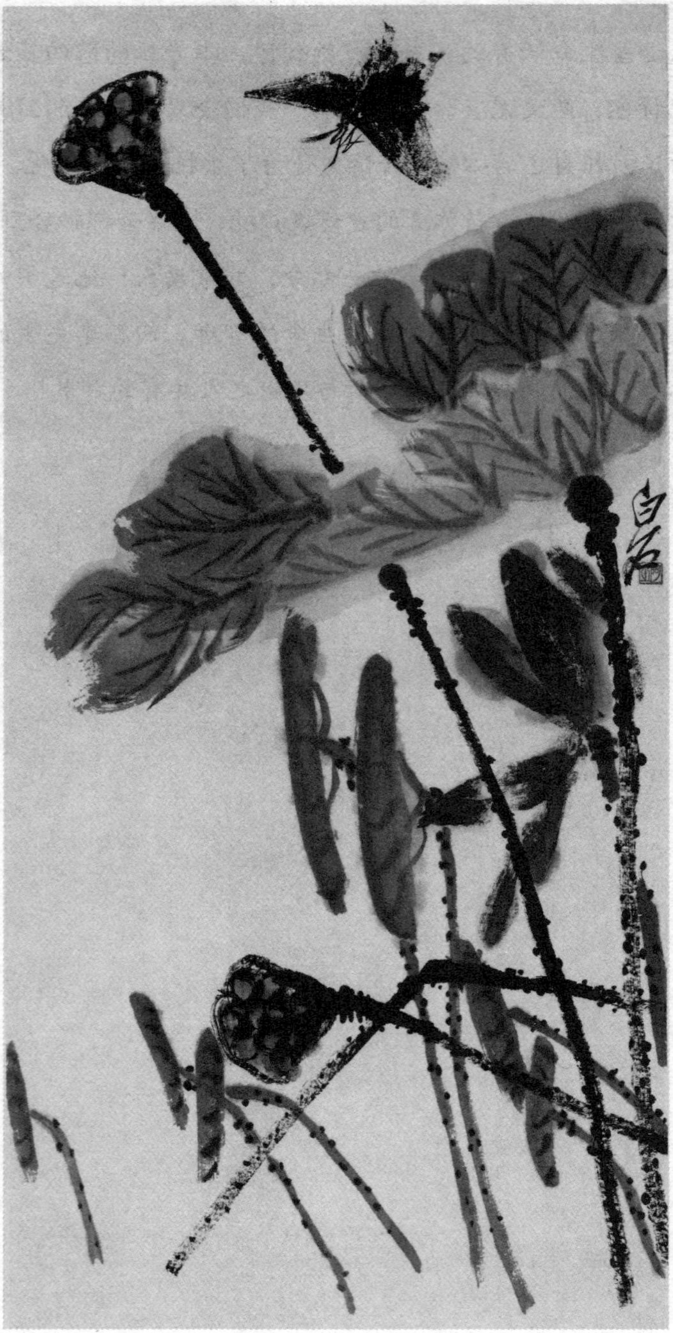
白石

喜鹊窝

我是乡下人。小时候在乡下住过几天。乡下，树多，鸟多，树上的鸟窝多。秋冬之际，树上的叶子落光，抬头就能看到高树顶上的许多鸟窝，宛如一个个的黑色蘑菇。

但是，我同许多乡下人一样，对鸟并不特别感兴趣。我感兴趣的是昆虫中的知了（我们那里读 jie liu，也就是蝉），在水族中是虾。夏天晚上，在场院里乘凉，在大柳树下，用麦秸点上一把火。赤脚爬上树去，用力一摇晃，知了便像雨点儿似的纷纷落下。如果嫌热，就跳到苇坑里，在苇丛中伸手一摸，就能摸到一些个儿不小的虾，带着双夹，齐白石画的就是这一种虾。

鸟却不能带给我这样的快乐，我有时甚至还感到厌烦。麻雀整天喳喳乱叫，还偷吃庄稼。乌鸦穿一身黑色的晚礼服，名声一向不好，乡下人总把它同死亡联系起来，"哇！哇！"两声，叫得人身上起鸡皮疙瘩。只有喜鹊沾了"喜"字的光，至少不引起人们的反感。那时候，乡下人饿着肚皮，又不是诗人，哪里会有什么闲情雅兴来欣赏鸟的鸣声呢？连喜鹊"喳，喳"的叫声也不例外。那时，我虽然只有几岁，乡下人的偏见我都具备。只有一件事现在回想起来还能聊以自慰：我从来没有爬上树去掏喜鹊的窝。

后来我到了城里,变成了城里人。初到的时候,我简直像是进入迷宫。这么多人,这么多车,这么多商店,这么多大街小巷,我吃惊得目瞪口呆。有一年,母亲在乡下去世了,我回家奔丧。小时候的大娘、大婶见了我就问:

"寻(读 xin)了媳妇没有?"

这问题好回答,我敬谨答曰:

"寻了。"

"是一个庄上的吗?"

我一时语塞,知道乡下人没有进过城,他们不知道城里不是村庄。想解释一下,又怕三言两语说不清楚,最终还是弄一个"丈二和尚,摸不着头脑"。我一时灵机一动,采用了鲁迅先生的办法,含糊答曰:

"唔!唔!"

谁也不知道"唔!唔!"是什么意思。妙就妙在谁也不知道是什么意思。乡下的大娘、大婶不是哲学家,不懂什么逻辑思维,她们不"打破砂锅问到底"。我的口试就算及了格。

这一件小事虽小,它却充分说明了乡下人和城里人的思维和情趣是多么不同。回头再谈鸟儿。城里不是鸟的天堂。除了麻雀以外,别的鸟很少见到。常言道:物以稀为贵。于是城里的鸟就"贵"起来了,城里一些人对鸟也就有了感情。如果碰巧能看到高树顶端上的鸟窝,那简直是一件稀罕事儿,小孩子会在树下面拍手欢跳。

中国古代的诗人,虽然有的出生在乡下,但是科举、当官一定是在城里。既然是诗人,感情定是十分细腻。这种细腻表现在方方面面，也表现在对鸟，特别是对鸟鸣的喜爱上。这样的诗句，用不着去查书，一回想就能够想到一大堆。"鸟鸣山更幽""月出惊山鸟，时鸣春涧中""两个黄鹂鸣翠柳，一行白鹭上青天""荡胸生层云，决眦入归鸟""人归山郭暗，雁下芦洲白""微雨霭芳原，春鸠鸣何处""空山百鸟散还合，万里浮云阴且晴。嘶酸刍雁失群夜，断绝胡儿恋母声""川为静其波，鸟亦罢其鸣"，等等，用不着再多举了。中国古代诗人对鸟和鸟鸣感情之深概可想见了。

只有陶渊明的一句诗，我觉得有点儿怪。"犬吠深巷中，鸡鸣桑树颠"。鸡飞上树去高声鸣叫，我确实没见过。"鸡鸣桑树颠"，这一句话颇为突兀。难道晋朝江西的鸡真有飞到桑树顶上去高叫的脾气吗？

不管怎样，中国古代诗人对鸟及其鸣声特别敏感，已是一个彰明昭著的事实。再看一看西方文学，不能不感到其间的差别。西方诗歌中，除了云雀和夜莺外，其他的鸟及其鸣声似乎很少受诗人的垂青。这里面是否也含有很深的审美情趣的差别呢？是否也含有东西方诗人、再扩而大之是一般人之间对大自然的关系的差别呢？姑妄言之。

我绕弯子说了半天，无非是想说中国的城里人对鸟比较有感情而已。我这个由乡下人变成城里人的人，也逐渐爱起鸟来。可惜我半辈子始终是在大城市里转，在中国是如此，在德国和瑞士仍然是如此。空有爱鸟之心，爱的对象却难找到，在心灵深处难免感到惆怅。

一直到四十多年前，我四十多岁了，才从沙滩搬到风光旖旎林木蓊郁的燕园里来。这里虽处城市，却似乡村，真正是鸟的天堂。我又能看到鸟了。不是一只，而是成群；不是一种，而是多种；不但看到它们飞，而且听到它们叫；不但看到它们在草地上蹦跳，而且看到它们在高树顶上搭窝。我顾而乐之，多年干涸的心灵似乎又注入了一股清泉。

在众多的鸟中，给我印象最深、我最喜爱的还是喜鹊。在我住的楼前，沿着湖畔，有一排高大的垂柳，在马路对面则是一排高耸入云的杨树。楼西和楼后，小山下面，有几棵高大的榆树。小山上有一棵至少有六七百年的古松。可以说我们的楼是处在绿色丛中。我原住在西门洞的二楼上，书房面西，正对着那几棵榆树。一到春天，喜鹊和其他鸟的叫声不停。喜鹊不知道是通过什么方式，大概是既无父母之命，也没有媒妁之言，自由恋爱，结成了情侣。情侣不停地在群树之间穿梭飞行，嘴里往往叼着小树枝，想到什么地方去搭窝。我天天早上最大的乐趣就是看喜鹊们箭似的飞翔，喳喳地欢叫，往往能看上、听上半天。

有一天，完全出我的意料，然而又合乎我的心愿，窗外大榆树上有一团黑色的东西。我豁然开朗：这是喜鹊在搭窝。我现在不用出门就能够看到喜鹊窝了，乐何如之。从此我的眼睛和耳朵完全集中到这一对喜鹊和它们的窝上，其他的鸟鸣声仿佛都不存在了。每次我看书写作疲倦了，就向窗外看一看。一看到喜鹊窝就像郑板桥看到白银那样，"心花怒放，书画皆佳"。我的灵感风起云涌，连记忆力都仿佛是变了样子，大有过目不忘之慨了。

光阴流转，转瞬已是春末夏初。窝里的喜鹊小宝宝看样子已经成长起来了。每当刮风下雨，我心里就揪成一团，很怕它们的窝经受不住风吹雨打。当我看到，不管风多么狂，雨多么骤，那一个黑蘑菇似的窝仍然固若金汤，我的心就放下了。我幻想，此时喜鹊妈妈和喜鹊爸爸正在窝里伸开翅膀，把小宝宝遮盖得严严实实，喜鹊一家正在做着甜美的梦，梦到燕园风和日丽，梦到燕园花团锦簇，梦到小虫子和小蚱蜢自己飞到窝里来，小宝宝食用不尽，梦到湖光塔影忽然移到了大榆树下面……

这一切原来都是幻影，然而我却泪眼模糊，再也无法幻想下去了。我从小失去了慈母，失去了母爱。一个失去了母爱的人，必然是一个心灵不完整或不正常的人。在七八十年的漫长时间中，不管是什么时候，也不管我在什么地方，只要提到了失去母爱，失去母亲，我必然立即泪水盈眶。对人是如此，对鸟兽也是如此。中国古人常说"终天之恨"，我这真正是"终天之恨"了。这个恨只能等我离开人世才能消泯，这是无可怀疑的了。中国古诗说："劝君莫打三春鸟，子在巢中待母归"，真是蔼然仁者之言，我每次暗诵，都会感到心灵震撼的。

但是，天有不测风云，鸟有旦夕祸福。正当我为这一家幸福的喜鹊感到幸福而自我陶醉的时候，祸事发生了。一天早上，我坐在书桌前，真是无巧不成书，我一抬头正看到一个小男孩赤脚爬上了那一棵榆树，伸手从喜鹊窝里把喜鹊宝宝掏了出来。掏了几只，我没有看清，不敢瞎说。总之是掏走了。只看这个小男孩像猿猴一般，转瞬跳下树来，前后也不过几分钟，手里抓着小喜鹊，消逝得无影无踪了。我很想下楼去干预一下，但是一想到在浩劫中我头上戴的那一摞可怕的沉重的帽子，都还在似摘未摘之间，我只能规规矩矩，不敢乱说乱动。如果那个小男孩是工人的孩子，那岂不成了"阶级报复"了吗！我吃了老虎心、豹子胆，也不敢动一动呀！我只有伏在桌上，暗自啜泣。

完了，完了，一切全完了。喜鹊的美梦消失了，我的美梦也消失了。我从此抑郁不乐，甚至不敢再抬头看窗外的大榆树。喜鹊妈妈和喜鹊爸爸的心情我不得而知。它们痛失爱子，至少也不会比我更好过。一连好几天，我听到窗外这一对喜鹊喳喳哀鸣，绕树千匝，无枝可依。我不忍再抬头看它们。不知什么时候，这一对喜鹊不见了。它们大概是怀着一颗破碎的心，飞到什么地方另起炉灶去了。过了一两年，大榆树上的那一个喜鹊窝，也由于没加维修，鹊去窝空，被风吹得无影无踪了。

我却没有死心，那一棵大榆树不行了，我就寄希望于其他树木。喜鹊们选择搭窝的树，不知道是根据什么标准。根据我这个人的标准，我觉得，楼前，楼后，楼左，楼右，许多高大的树都合乎搭窝的标准。我于是就盼望起来，年年盼，月月盼，盼星星，盼月亮，盼得双眼发红光。一到春天，我出门，首先抬头往树上瞧，枝头光秃秃的，什么东西也没有。我有时候真有点儿发急，甚至有点儿发狂，我想用眼睛看出一个喜鹊窝来。然而这一切都白搭，都徒然。

今年春天，也就是现在，我走出楼门，偶尔一抬头，我在上面讲的那一棵大榆树上，在光秃秃的枝干中间，又看到一团黑乎乎的东西。连年来我老眼昏花，对眼睛已经失去了自信力。我在惊喜之余，连忙擦了擦眼，又使劲儿瞪大了眼睛，我明白无误地看到了：是一个新搭成的喜鹊窝。我的高兴是任何语言文字都无法形容的。然而福不单至。过了不久，临湖的一棵高大的垂柳顶上，一对喜鹊又在忙忙碌碌地飞上飞下，嘴里叼着小树枝，正在搭一个窝。这一次的惊喜又远远超过了上一回。难道我今生的华盖运真已经交过了吗？

当年爬树掏喜鹊窝的那个小男孩，现在早已长成大人了吧。他或许已经留了洋，或者下了海，或者成了"大款"。此事他也许早已忘记了。我潜心默祷，希望不要再出这样一个孩子，希望这两个喜鹊窝能够存在下去，希望在燕园里千百棵大树上都能有这样黑蘑菇似的喜鹊窝，希望在这里，在全中国，在全世界，人与鸟都能和睦融洽，像一家人一样生活下去，希望人与鸟共同造成一个和谐的宇宙。

一九九四年二月二十五日

名师赏析

> 喜鹊窝承载着作者内心的一份美好愿望：希望在这里，在全中国，在全世界，人与鸟都能和睦融洽，像一家人一样生活下去，希望人与鸟共同造成一个和谐的宇宙。这是一份对生命的关怀。久居城市自然萌生爱鸟之心，喜鹊窝出现在作者生活里的那一刻，作者欣喜异常，倍加关注；喜鹊窝里小鸟嗷嗷待哺，作者浮想联翩，心怀呵护；喜鹊窝被顽皮孩子掏空的时候，作者的抑郁不乐，心生悲悯；没有喜鹊窝的日子，作者寝食难安，心怀渴盼；再见喜鹊窝的时候，作者

惊喜难抑，潜心默祷……喜鹊窝的命运一直牵动着作者的心。热爱生命的人，才会有这样一份牵挂；热爱生活的人，才会有这样一份心动。这也是一份对心中理想的守护。作者居于乡下时，对鸟儿的感情并不是如此；生活环境改变以后，才有了对鸟儿的喜爱；居于燕园，看见鸟儿得以自由自在繁衍生息，作者更添几分期盼，愿人与鸟儿和谐相处；特别是经历了喜鹊窝失而复得之后，作者倍加珍惜和谐的生态氛围。心中有大爱，才会有这样的理想；心中有慈悲，才会有这样的守护。

一条老狗

自己也不知道是什么原因,我总会不时想起一条老狗来。在过去七十年漫长的时间内,不管我是在国内,还是在国外,不管我是在亚洲、欧洲、非洲,一闭眼睛,就会不时有一条老狗的影子在我眼前晃动,背景是在一个破破烂烂的篱笆门前,后面是绿苇丛生的大坑,透过苇丛的稀疏处,闪亮出一片水光。

这究竟是怎么一回事呢?

无论用多么夸大的词句,也绝不能说这一条老狗是逗人喜爱的。它只不过是一条最普普通通的狗,毛色棕红、灰暗,上面沾满了碎草和泥土,在乡村群狗当中,无论如何也显不出一点儿特异之处,既不凶猛,又不魁梧。然而,就是这样一条不起眼儿的狗却揪住了我的心,一揪就是七十年。

因此,话必须从七十年前说起。当时我还是一个不谙世事的毛头小伙子,正在清华大学读西洋文学系二年级。能够进入清华园,是我平生最满意的事情,日子过得十分惬意。然而,好景不长。有一天,是在秋天,我忽然接到从济南家中打来的电报,只是四个字:"母病速归。"我仿佛是劈头挨了一棒,脑筋昏迷了半天。我立即买好车票,登上开往济南的火车。

我当时的处境是，我住在济南叔父家中。这里就是我的家。而我母亲却住在清平官庄的老家里。整整十四年前，我六岁的那一年，也就是1917年，我离开了故乡，也就是离开了母亲，到济南叔父处去上学。我上一辈共有十一位叔伯兄弟，而男孩却只有我一个。济南的叔父也只有一个女孩，于是在表面上我就成了一个宝贝蛋。然而真正从心眼儿里爱我的只有母亲一人，别人不过是把我看成能够传宗接代的工具而已。这一层道理一个六岁的孩子是无法理解的。可是离开母亲的痛苦我却是理解得又深又透的。到了济南后第一夜，我生平第一次不在母亲怀抱里睡觉，而是孤身一个人躺在一张小床上，我无论如何也睡不着，我一直哭了半夜。这是怎么一回事呀！为什么把我弄到这里来了呢？"可怜小儿女，未解忆长安。"母亲当时的心情，我还不会去猜想。现在追忆起来，她一定会是柔肠寸断，痛哭绝不止半夜。现在这已成了一个万古之谜，永远也不会解开了。

从此我就过上了寄人篱下的生活。我不能说，叔父和婶母不喜欢我，但是，我唯一被喜欢的资格就是，我是一个男孩。不是亲生的孩子同自己亲生的孩子感情必然有所不同，这是人之常情，用不着掩饰，更用不着美化。我在感情方面不是一个麻木的人，一些细枝末节，我体会极深。常言道，没娘的孩子最痛苦。我虽有娘，却似无娘，这痛苦我感受得极深。我是多么想念我故乡里的娘呀！然而，天地间除了母亲一个人外有谁真能了解我的心情我的痛苦呢？因此，我半夜醒来一个人偷偷地在被窝里吞声饮泣的情况就越来越多了。

在整整十四年中，我总共回过三次老家。第一次是在我上小学的时候,为了奔大奶奶之丧而回家的。大奶奶并不是我的亲奶奶,但是从小就对我疼爱异常。如今她离开了我们,我必须回家,这似乎是天经地义的事情。这一次我在家只住了几天,母亲异常高兴,自在意中。第二次回家是在我上中学的时候,原因是父亲卧病,叔父亲自请假回家,看自己共过患难的亲哥哥。这次在家住的时间也不长。我每天坐着牛车,带上一包点心,到离开我们村相当远的一个大地主兼中医住的村里去请他,到我家来给父亲看病;看完再用牛车送他回去。路是土路,坑洼不平,牛车走在上面,颠颠簸簸,来回两趟,要用去差不多一整天的时间。至于医疗效果如何呢?那只有天晓得了。反正父亲的病没有好,也没有变坏。叔父和我的时间都是有限的,我们只好先回济南了。过了没有多久,父亲终于走了。叔父到济南来接我回家。这是我第三次回家,同第一次一样,专为奔丧。在家里埋葬了父亲,又住了几天。现在家里只剩下了母亲和二妹两个人。家里失掉了男主人,一个妇道人家怎样过那种只有半亩地的穷日子,母亲的心情怎样,我只有十一二岁,当时是难以理解的。但是,我仍然必须离开她到济南去继续上学。在这样万般无奈的情况下,但凡母亲还有不管是多么小的力量,她也绝不会放我走的。可是她连一丝一毫的力量也没有。她一字不识,一辈子连个名字都没有能够取上,做了一辈子"季赵氏"。到了今天,父亲一走,她怎样活下去呢?她能给我饭吃吗?不能的,绝不能的。母亲心内的痛苦和忧愁,连我都感觉到了。最后她只能眼睁睁地看着自己最亲爱的孩子离开了自己,走了,走了。谁会知道,这是她最后一次看到自己的儿子呢?谁会知道,这也是我最后一次见到母亲呢?

回到济南以后，我由小学而初中，由初中而高中，由高中而到北京来上大学，在长达八年的过程中，我由一个混混沌沌的小孩子变成了一个青年人，知识增加了一些，对人生了解得也多了不少。对母亲当然仍然是不断想念的。但在暗中饮泣的次数少了，想的是一些切切实实的问题和办法。我梦想，再过两年，我大学一毕业，由于出身一个名牌大学，抢一只饭碗是不成问题的。到了那时候，自己手头有了钱，我将首先把母亲迎至济南。她才四十来岁，今后享福的日子多着哩。

可是我这一个奇妙如意的美梦竟被一张"母病速归"的电报打了个支离破碎。我现在坐在火车上，心惊肉跳，忐忑难安。哈姆莱特问的是：to be or not to be，我问的是：母亲是病了，还是走了？我没有法子求签占卜，可我又偏想知道个究竟，我于是自己想出了一套占卜的办法。我闭上眼睛，如果一睁眼我能看到一根电线杆，那母亲就是病了；如果看不到，就是走了。当时火车速度极慢，从北京到济南要走十四五个小时。就在这样长的时间内，我闭眼又睁眼反复了不知多少次。有时能看到电线杆，则心中一喜。有时又看不到，则心中一惧。到头来也没能得出一个肯定的结果。我到了济南。

到了家中，我才知道，母亲不是病了，而是走了。这消息对我真如五雷轰顶，我昏迷了半晌，躺在床上哭了一天，水米不曾沾牙。悔恨像大毒蛇直刺入我的心窝：在长达八年的时间内，难道你就不能在任何一个暑假内抽出几天时间回家看一看母亲吗？二妹在前几年也从家乡来到了济南，家中只剩下母亲一个人，孤苦伶仃，形单影只，而且又缺吃少喝，她日子是怎么过的呀！你的良心和理智哪里去了？你连想都不想一下吗？你还能算得上是一个人吗？我痛悔自责，找不到一点儿能原谅自己的地方。我一度曾想到自杀，追随母亲于地下。但是，母亲还没有埋葬，不能立即实行。在极度痛苦中我胡乱诌了一副挽联：

　　一别竟八载，多少次倚闾怅望，眼泪和血流，迢迢玉宇，高处寒否？
　　为母子一场，只留得面影迷离，入梦浑难辨，茫茫苍天，此恨曷极！

对仗谈不上，只不过想聊表我的心情而已。

叔父婶母看着苗头不对，怕真出现什么问题，派马家二舅陪我还乡奔丧。到了家里，母亲已经成殓，棺材就停放在屋子中间。只隔一层薄薄的棺材板，我竟不能再见母亲一面，我与她竟是人天悬隔矣。我此时如万箭穿心，痛苦难忍，想一头撞死在母亲棺材上。我被别人死力拽住，昏迷了半天，才醒转过来。抬头看屋中的情况，真正是家徒四壁，除了几只破椅子和一只破箱子以外，什么都没有。在这样的环境中，母亲这八年的日子是怎样过的，不是一清二楚了吗？我又不禁悲从中来，痛哭了一场。

现在家中已经没了女主人，也就是说，没有了任何人。白天我到村内二大爷家里去吃饭，讨论母亲的安葬事宜。晚上则由二大爷亲自送我回家。那时村里不但没有电灯，连煤油灯也没有。家家都点豆油灯，用棉花条搓成灯捻，只不过是有点儿微弱的亮光而已。有人劝我，晚上就睡在二大爷家里，我执意不肯。让我再陪母亲住上几天吧。在茫茫百年中，我在母亲身边只住过六年多，现在仅仅剩下了几天，再不陪就真正抱恨终天了。于是二大爷就亲自提着一个小灯笼送我回家。此时，万籁俱寂，宇宙笼罩在一片黑暗中，只有天上的星星在眨眼，仿佛闪出一丝光芒。全村没有一点儿亮光，没有一点儿声音。透过大坑里芦苇的疏隙闪出一点儿水光。走近破篱笆门时，门旁地上有一团黑东西，细看才知道是一条老狗，静静地卧在那里。狗们有没有思想，我说不准，但感情确是有的。这一条老狗几天来大概是陷入困惑中：天天喂我的女主人怎么忽然不见了？它白天到村里什么地方偷一点儿东西吃，立即回到家里来，静静地卧在篱笆门旁。见了我这个小伙子，它似乎感到我也是这家的主人，同女主人有点儿什么关系，因此见到了我并不咬我，有时候还摇摇尾巴，表示亲昵。那一天晚上我看到的就是这一条老狗。

　　我孤身一个人走进屋内，屋中停放着母亲的棺材。我躺在里面一间屋子里的大土炕上，炕上到处是跳蚤，它们勇猛地向我发动进攻。我本来就毫无睡意，跳蚤的干扰更加使我难以入睡了。我此时孤身一人陪伴着一具棺材。我是不是害怕呢？不，一点儿也不。虽然是可怕的棺材，但里面躺的人却是我的母亲。她永远爱她的儿子，是人，是鬼，都绝不会改变的。

　　正在这时候，在黑暗中外面走进来一个人，听声音是对门的宁大叔。在母亲生前，他帮助母亲种地，干一些重活，我对他真是感激不尽。他一进屋就高声说："你娘叫你哩！"我大吃一惊：母亲怎么会叫我呢？原来宁大婶"撞客"了，撞着的正是我母亲。我赶快起身，走到宁家。在平时这种事情我是绝对不会相信的。此时我却是心慌意乱了。只听从宁大婶嘴里叫了一声："喜子呀！娘想你啊！"我虽然头脑清醒，然而却泪流满面。娘的声音，我八年没有听到了。这一次如果是从母亲嘴里说出来的，那有多好啊！然而却是从宁大婶嘴里说出来的，但是听上去确实像母亲当年的声音。我信呢，还是不信呢？你不信能行吗？我糊里糊涂地如醉似的疾走了回来。在篱笆门口，地上黑黢黢的一团，是那一条忠诚的老狗。

  我人躺在炕上，无论如何也睡不着了，两只眼睛望着黑暗，仿佛能感到自己的眼睛在发亮。我想了很多很多，八年来从来没有想到的事，现在全想到了。父亲死了以后，济南的经济资助几乎完全断绝，母亲就靠那半亩地维持生活，她能吃得饱吗？她一定是天天夜里躺在我现在躺的这个土炕上想她的儿子，然而儿子却音信全无。她不识字，我写信也无用。听说她曾对人说过："如果我知道他一去不回头的话，我无论如何也不会放他走的！"这一点我为什么过去一点儿也没有想到过呢？古人说："树欲静而风不止，子欲养而亲不待。"现在这两句话正应在我的身上，我亲自感受到了；然而晚了，晚了，逝去的时光不能再追回了！"长夜漫漫何时旦？"我切盼天赶快亮。然而，我立刻又想到，我只是一次度过这样痛苦的漫漫长夜，母亲却度过了将近三千次。这是多么可怕的一段时间啊！在长夜中，全村没有一点儿灯光，没有一点儿声音，黑暗仿佛凝结成为固体，只有一个人还瞪大了眼睛在玄想，想的是自己的儿子。伴随她的寂寥的只有一个动物，就是篱笆门外静卧的那一条老狗。想到这里，我无论如何也不敢再想下去了；如果再想下去的话，我不知道会出现什么样的情况。

母亲的丧事处理完,又是我离开故乡的时候了。临离开那一座破房子时,我一眼就看到那一条老狗仍然忠诚地趴在篱笆门口。见了我,它似乎预感到我要离开了,它站了起来,走到我跟前,在我腿上擦来擦去,对着我尾巴直摇。我一下子泪流满面。我知道这是我们的永别,我俯下身,抱住了它的头,亲了一口。我很想把它抱回济南,但那是绝对办不到的。我只好一步三回首地离开了那里,眼泪向肚子里流。

到现在这一幕已经过去了七十年。我总是不时想到这一条老狗。女主人没了,少主人也离开了,它每天到村内找点儿东西吃,究竟能够找多久呢?我相信,它绝不会离开那个篱笆门口的,它会永远趴在那里的,尽管脑袋里也会充满了疑问。它究竟趴了多久,我不知道,也许最终是饿死的。我相信,就是饿死,它也会死在那个破篱笆门口。后面是大坑里透过苇丛闪出来的水光。

我从来不信什么轮回转生;但是,我现在宁愿信上一次。我已经九十岁了,来日苦短了。等到我离开这个世界以后,我会在天上或者地下什么地方与母亲相会,趴在她脚下的仍然是这一条老狗。

二〇〇一年五月二日写完

名师赏析

"树欲静而风不止,子欲养而亲不待。"此句最能体现作者要表达的感情。"一条不起眼儿的狗"揪住作者的心且"一揪就是七十年"的原因也在于此。作者为何从"一条老狗"入手来写母子亲情?作者得知母亲生病以后,匆忙赶回家中,而母亲已经西去。悔恨纠缠内心,往事历历在目。少小离家,母子惜别的点点滴滴;外出求学,不能与母亲相伴的隐痛;梦想难圆,无法床前尽孝的无奈与悔恨。少时不懂母亲的心,此时守着母亲的棺木,作者方才感同身受。想象母亲在想念孩子中熬过的每一个夜晚,设想着母亲的清贫与孤独。只有破篱笆边的老狗一直陪在母亲的身边。文章的主体部分是回忆往事,对"狗"的描写并不多,但回忆往事作为必要的铺垫层层蓄势,使为数不多的几处描写投射出老狗的忠诚与坚守。老狗的不离不弃,其实是作者最想做到却无法做到的一份痛。文章也没有写母亲与老狗相伴的日常,但作者给了读者很宽的想象空间,能让人从结局中推知过程,老狗的忠诚,深深地触动了作者的心灵,萦绕于作者心间七十年。曲折中见真情,催人泪下!

咪 咪

我现在越来越不了解自己了。我原以为自己不是多愁善感的人，内心还是比较坚强的。现在才发现，这只是一个假象，我的感情其实脆弱得很。

八年以前，我养了一只小猫，取名咪咪。她大概是一只波斯混种的猫，全身白毛，毛又长又厚，冬天胖得滚圆。额头上有一块黑黄相间的花斑，尾巴则是黄的。总之，她长得非常逗人喜爱。因为我经常给她些鱼肉之类的东西吃，她就特别喜欢我。有几年的时间，她夜里睡在我的床上。每天晚上，只要我一铺开棉被，盖上毛毯，她就急不可待地跳上床去，躺在毯子上。我躺下不久，就听到她打呼噜——我们家乡话叫"念经"——的声音。半夜里，我在梦中往往突然感到脸上一阵冰凉，是小猫用舌头来舔我了，有时候还要往我被窝儿里钻。偶尔有一夜，她没有到我床上来，我顿感空荡寂寞，半天睡不着。等我半夜醒来，脚头上沉甸甸的，用手一摸：毛茸茸的一团，心里有说不出来的甜蜜感，再次入睡，如游天宫。早晨一起床，吃过早点，坐在书桌前看书写字。这时候咪咪绝不再躺在床上，而是一定要跳上书桌，趴在台灯下面我的书上或稿纸上，有时候还要给我一个屁股，头朝里面。有时候还会摇摆尾巴，把我的书页和稿纸摇乱。过了一些时候，外面天色大亮，我就把咪咪和另外一只纯种"国猫"名叫虎子的黑色斑纹的"土猫"放出门去，到湖边和土山下草坪上去吃点青草，就地打几个滚儿，然后跟在我身后散步。我上山，她们就上山；我走下来，她们也跟下来。猫跟人散步是极为稀见的，因此成为朗润园一景。这时候，几乎每天都碰到一位手提鸟笼遛鸟的老退休工人，我们一见面，就相对大笑一阵："你在遛鸟，我在遛猫，我们各有所好啊！"我的一天，往往就是在这种情况下开始的。其乐融融，自不在话下。

大概在一年多以前，有一天，咪咪忽然失踪了。我们全家都有点着急。我们左等，右等；左盼，右盼，望穿了眼睛，只是不见。在深夜，在凌晨，我走了出来，瞪大了双眼，尖起了双耳，希望能在朦胧中看到一团白色，希望能在万籁俱寂中听到一点声息。然而，一切都是枉然。这样过了三天三夜，一个下午咪咪忽然回来了。雪白的毛上沾满了杂草，颜色变成了灰土土的，完全一副狼狈不堪的样子。一头闯进门，直奔猫食碗，狼吞虎咽，大嚼一通。然后跳上壁橱，藏了起来，好半天不敢露面。从此，她似乎变了脾气，拉尿不知，有时候竟在桌子上撒尿和拉屎。她原来是一只规矩温顺的小猫咪，完全不是这样子。我们都怀疑，她之所以失踪，是被坏人捉走了的，想逃跑，受到了虐待，甚至受到捶挞，好不容易，逃了回来，逃出了魔掌，生理上受到了剧烈的震动，才落了一身这样的坏毛病。

我们看了心里都很难受。一个纯洁无辜的小动物，竟被折磨成这个样子，谁能无动于衷呢？可是我又有什么办法？我是最喜爱这个小东西的，心里更好像是结上了一个大疙瘩，然而却是爱莫能助，眼睁睁地看她在桌上的稿纸上撒尿。但是，我绝不打她。我一向主张，对小孩子和小动物这些弱者，动手打就是犯罪。我常说，一个人如果自认还有一点力量、一点权威的话，应当向敌人和坏人施展，不管他们多强多大。向弱者发泄，算不上英雄汉。

然而事情发展却越来越坏，咪咪任意撒尿和拉屎的频率增强了，范围扩大了。在桌上，床下，澡盆中，地毯上，书上，纸上，只要从高处往下一跳，尿水必随之而来。我以老年衰躯，匍匐在床下桌下向纵深的暗处去清扫猫屎，钻出来以后，往往喘上半天粗气。我不但毫不气馁，而且大有乐此不疲之慨，心里乐滋滋的。我那年近九旬的老祖笑着说："你从来没有给女儿、儿子打扫过屎尿，也没有给孙子、孙女打扫过，现在却心甘情愿服侍这一只小猫！"我笑而不答。我不以为苦，反以为乐。这一点我自己也解释不清楚。

但是，事情发展得比以前更坏了。家人忍无可忍，主张把咪咪赶走。我觉得，让她出去野一野，也许会治好她的病，我同意了。于是在一个晚上把咪咪送出去，关在门外。我躺在床上，辗转反侧，再也睡不着。后来蒙眬睡去，做起梦来，梦到的不是别的什么，而是咪咪。第二天早晨，天还没有亮，我拿着电筒到楼外去找。我知道，她喜欢趴在对面居室的阳台上。拿手电一照，白白的一团，咪咪蜷伏在那里，见到了我咪噢叫个不停，仿佛有一肚子委屈要向我倾诉。我听了这种哀鸣，心酸泪流。如果猫能做梦的话，她梦到的必然是我。她现在大概怨我太狠心了，我只有默默承认，心里痛悔万分。我知道，咪咪的母亲刚刚死去，她自己当然完全不懂这一套，我却是懂得的。我青年丧母，留下了终天之恨。年近耄耋，一想到母亲，仍然泪流不止。现在竟把思母之情移到了咪咪身上。我心跳手颤，赶快拿来鱼饭，让咪咪饱餐一顿。但是，没有得到家人的同意，我仍然得把咪咪留在外面。而我又放心不下，经常出去看她。我住的朗润园小山重叠，林深树茂，应该说是猫的天堂。可是咪咪硬是不走，总卧在我住宅周围。我有时晚上打手电出来找她，在临湖的石头缝中往往能发现白色的东西，那是咪咪。见了我，她又咪噢直叫。她眼睛似乎有了病，老是泪汪汪的。她的泪也引起了我的泪，我们相对而泣。

我这样一个走遍天涯海角饱经沧桑的垂暮之年的老人，竟为这样一只小猫而失神落魄，对别人来说，可能难以解释，但对我自己来说，却是很容易解释的。从报纸上看到，定居台湾的老友梁实秋先生，在临终前念念不忘的是他的猫。我读了大为欣慰，引为"同志"，这也可以说是"猫坛"佳话吧。我现在再也不硬充英雄好汉了，我俯首承认我是多愁善感的。咪咪这样一只小猫就戳穿了我这一只"纸老虎"。我了解到了自己的本来面目，并不感到有什么难堪。

现在，我正在香港讲学，住在中文大学会友楼中。此地背山面海，临窗一望，海天混茫，水波不兴，青螺数点，帆影一片，风光异常美妙，园中有四时不谢之花、八节长春之草，兼又有主人盛情款待，我心中此时乐也。然而我却常有"山川信美非吾土"之感，我怀念北京燕园中我的家人，我的朋友，我的书房，我那堆满书案的稿子。我想到北国就要千里冰封、万里雪飘，"马后桃花马前雪，教人哪得不回头？"我归心似箭，绝不会"回头"。特别是当我想到咪咪时，我仿佛听到她的咪噢的哀鸣,心里颤抖不停,想立刻插翅回去。小猫吃不到我亲手给她的鱼肉,也许大感不解:"我的主人哪里去了呢?"猫们不会理解人们的悲欢离合。我庆幸她不理解,否则更会痛苦了。好在我留港时间即将结束,我不久就能够见到我的家人,我的朋友。燕园中又多了一个我,咪咪会特别高兴的,她的病也许会好了。北望云天万里,我为咪咪祝福。

1988年11月8日写于香港中文大学会友楼
1996年1月2日重抄于北大燕园

名师赏析

  对待小动物的态度,也是对待生命的态度。对一只猫,当作宠物,还是当作生命,是有本质差别的。读文章的前半部分,看到咪咪与作者的相处日常,看见咪咪的各种可爱和带给作者的心灵慰藉,读者会觉得与常人养猫别无二致;然而,读到后半部分,看到咪咪历劫归来的种种变化,读者会和作者一样心疼;继而看到作者对病痛折磨下的咪咪怜爱照顾、万般包容、相对而泣,读者会体会到作者内心深处对咪咪的深情。相比较家人,作者的这份爱源自对待生命的真爱和尊重。回看文本开头作者说"我的感情其实脆弱得很",我们会明白这并非脆弱,而是一份慈悲。万物生而平等,却无法拥有活着的平等。能够把小动物当作与自己并无区别的生命去看待，才会拥有与自然万物和谐相处的可能性。季老先生与猫，是一个温暖的话题。读他的很多与猫有关的作品，从他与猫朝夕相处的怜爱中，我们看到的是一个内心纯真柔软、拥有悲悯情怀的真性情的文人。

火车上观日出

在晨光熹微中，我走出了卧铺车厢，走到了列车的走廊上。猛一抬头，我的全身连我的内心立刻激烈地震动了一下：东方正有一抹胭脂似的像月芽一般的红彤彤的东西腾涌出来。这是即将升起的朝阳，我心里想。

我年逾古稀，平生看日出多矣。有的是我有意去寻求的，比如泰山观日。整整五十年前，当时我还是一个青年小伙子，正在济南一个中学里教书。在旧历八月中秋，我约了两个朋友，从济南乘火车到泰安。当天下午我们就上了山。我只有二十三岁，正是精力旺盛的时候，我大跨步走过斗姆宫、快活三里、五大夫松，一气登上了南天门，丝毫也没有感到什么吃力，什么惊险。此时正是暮色四垂，阴影布上群山的时候，四顾寂无一人，万古的沉寂压在我们身上。在一个鸡毛小店里住了一夜。第二天，摸黑起来，披上店里的棉被，登上玉皇顶。此时东天逐渐苍白。我瞪大了眼睛，连眨眼都不敢，盼望奇迹的出现。可是左等右等，我等待的奇迹太阳只是不露面。等到东天布满了一片红霞时，再仔细一看，朝阳已经像一个红色的血球，徘徊于片片的白云中，原来太阳早已经出来了。

从那以后，过了四十多年，到了八十年代初，我第一次登上了"归来不看岳"的黄山。在北海住了三天。我曾同小泓摸黑起床，赶到一座小山顶上，那里已经黑压压地挤满了人。我们好不容易挤了上去，在人堆里争取了一块容身之地，静下心来，翘首东望，恭候日出。东天原来是灰蒙蒙一片，只是比西方、南方、北方稍微显得白了亮了一点。但是，一转瞬间，亮度逐渐增高，由淡白转成了淡红，再由淡红转成了浓红，一片霞光照亮东天。再一转瞬，一芽红痕突然涌出，红痕慢慢向上扩大，由一点到一线，由一线到一片，一轮又圆又红的球终于跳出来了。

就这样，我在泰山和黄山这两个在全中国甚至全世界都以能观日出而声名远扬的名山上，看到了日出。是我自己处心积虑一意追求而得来的。

我现在是在火车上，既非泰山，也非黄山。我做梦也没有想到会同观赏日出联系起来，我一点寻求的意思也没有。然而，仿佛眼前出现了奇迹：摆在我眼前的是不折不扣的日出。我内心的震惊不是完全很自然的吗？

这样的日出，从来没有听人说观赏过，连听人谈到过都没有。它同以前处心积虑一意追求看到的不一样，完完全全地不一样。不管在泰山，还是在黄山，我都是静止不动的。太阳虽然动，也只是在一个地方动，她安详自在，慢条斯理，威严端重，不慌不忙。她在我眼中是崇高的化身，是威仪的重现。正像印度大诗人泰戈尔每天早晨对着朝阳沉思默祷那样，太阳在我眼中也是神圣不可侵犯的。

然而现在却是另一番景象。火车风驰电掣，顷刻数里，一刻也不停。而太阳也是一刻也不停，穷追不舍。她仿佛是率领着白云、朝霞、沧海、苍穹，仿佛率领着她那些如云的随从，追赶着火车，追赶着车上的我，过山、过水、过森林、过小村。有时候我甚至看到她鬓云凌乱，衣冠不整。原来的端庄威严，安详自在，一点影子都没有了。是她在处心积虑，一意追求，追求着火车上的我，一定要我观看她的出现。此时我的心情简直是用任何言语也形容不出来了。

太阳一方面穷追不舍，一方面自己在不停地变幻。最初我只看到在淡红色的云堆中慢慢地涌出了一点红色月芽似的东西。月芽逐渐扩大，扩大，扩大，最初的颜色像是朱砂，眼睛能够直视。但是，随着体积的逐渐扩大，朱砂逐渐变为黄金，光芒越来越亮，到了最后，辉光焜耀，谁要是再想看她，她的光芒就要刺他眼睛了。等到太阳高高升起的时候，她在天空里俯视大地，俯视火车，俯视火车中的我，她又恢复了她那端庄威严，安详自在的神态，虽然是仍然跟着火车走，却再也没有那种仓促急忙的样子了。

这短短的车上观日出的经历，对我来说，简直像是一次神秘的天启。它让我暂时离开了尘世，离开了火车，甚至离开了我自己。我体会到变中有不变，不变中又有变；我体会到变化与速度的交互融合，交互影响。这种体会，我是无法说清楚的。等我回到车厢内的时候，人们还在熟睡未醒。我仿佛怀着独得之秘，静静地坐在那里，回想刚才的一切，余味犹甘。一团焜耀的光辉还留在我的心中。

      1984年10月17日在烟台写初稿
      1992年7月10日在北京写定稿

名师赏析

火车上观日出，与作者经历过的山中看日出，是完全不同的体验。正是这种不同，让作者有了奇特的体验：开始"立刻激烈地震动了一下"，观赏过程内心是"震惊"，结束后觉得"简直像是一次神秘的天启"。如何不同？作者首先回忆了在泰山、黄山看到的日出，"安详自在，慢条斯理，威严端重，不慌不忙""神圣不可侵犯的"，刻意强调了自己的"处心积虑一意追求而得来的"。然后，作者着力描绘眼前的日出，"一刻不停，穷追不舍"，甚至"鬓云凌乱，衣冠不整"，而且形状、颜色、体积、神态都在不停地变化，直到再现"端庄威严""安详自在"，作者的观感是"是她在处心积虑，一意追求，追求着火车上的我，一定要我观看她的出现"，大相径庭！回看前文的"震惊"，全部蕴含在这些描写中了。再看"天启"，作者领悟到"我体会到变中有不变，不变中又有变；我体会到变化与速度的交互融合，交互影响"。作者心里那"焜耀的光辉"，既是火车上看到的光彩夺目的日出奇景，又是作者的领悟带着耀眼的光芒照耀着内心。火车上观日出，的确是独特的体验！人生中刻意的追求与偶然的相遇带来的人生体验都隐藏在变与不变的玄妙中！

晨　趣

　　一抬头，眼前一片金光：朝阳正跳跃在书架顶上玻璃盒内日本玩偶藤娘身上。藤娘一身和服，花团锦簇，手里拿着淡紫色的藤萝花，熠熠发光，而且闪烁不定。

　　我开始工作的时候，窗外暗夜正在向前走动。不知怎样一来，暗夜已逝，旭日东升。这阳光是从哪里流进来的呢？窗外一棵高大的梧桐树，枝叶繁茂，仿佛张开了一张绿色的网。再远一点儿，在湖边上是成排的垂柳。所有这一些都不利于阳光的穿透。然而阳光确实流进来了，就流在藤娘身上……

　　然而，一转瞬间，阳光忽然又不见了，藤娘身上，一片阴影。窗外，在梧桐和垂柳的缝隙里，是一块块蓝色的天空，成群的鸽子正盘旋飞翔在这样的天空里，黑影在蔚蓝上面画上了弧线。鸽影落在湖中，清晰可见，好像比天空里的更富有神韵，宛如镜花水月。

　　朝阳越升越高，透过浓密的枝叶，一直照到我的头上。我心中一动，阳光好像有了生命，它启迪着什么，它暗示着什么。我忽然想到印度大诗人泰戈尔，每天早上对着初升的太阳，静坐沉思，幻想与天地同体，与宇宙合一。我从来没达到这样的境界，我没有这一份福气。可是我也感到太阳的威力，心中思绪腾翻，仿佛也能洞察三界，透视万有了。

现在我正处在每天工作的第二阶段的开头上。紧张地工作了一个阶段以后，我现在想缓松一下。心里有了余裕，能够抬一抬头，向四周、特别是窗外观察一下。窗外风光如旧，但是四季不同：春花，秋月，夏雨，冬雪，情趣各异，动人则一。现在正是夏季，浓绿扑人眉宇，鸽影在天，湖光如镜。多少年来，当然都是这个样子。为什么过去我竟视而不见呢？今天，藤娘的身上一点儿闪光，仿佛照透了我的心，让我抬起头来，以崭新的眼光来衡量一切。眼前的东西既熟悉，又陌生，我仿佛搬到了一个新的地方，把我好奇的童心一下子都引逗起来了。我注视着藤娘，我的心却飞越茫茫大海，飞到了日本，怀念起赠送给我藤娘的室伏千津子夫人和室伏佑厚先生一家来。真挚的友情温暖着我的心……

窗外太阳升得更高了。梧桐树椭圆的叶子和垂柳尖长的叶子，交织在一起，椭圆与细长相映成趣。最上一层阳光照在上面，一片嫩黄；下一层则处在背阴处，一片黑绿。远处的塔影，屹立不动。天空里的鸽影仍然在划着或长或短、或远或近的弧线。再把眼光收回来，则看到里面窗台上摆着的几盆君子兰，深绿肥大的叶子，给我心中增添了绿色的力量。

多么可爱的清晨，多么宁静的清晨！

此时我怡然自得，其乐陶陶。我真觉得，人生毕竟是非常可爱的，大地毕竟是非常可爱的。我有点儿不知老之已至了。我这个从来不写诗的人心中似乎也有了一点儿诗意。

  此身合是诗人未？

鸽影湖光入目明。

我好像真正成为一个诗人了。

一九八八年十月十三日晨

名师赏析

季先生每日四点晨起读书写作，习以为常。而在这个清晨，他却有了不同往常的感受。阳光投射在作者目力所及的一切景物上的变化，让作者感受到清晨的"可爱"和"宁静"。文题为"晨趣"，其"趣"何在？一方面，流动的朝阳、空中划着弧线的鸽影、窗外枝叶茂盛的梧桐、湖边成排的垂柳、玩偶藤娘身上的散光都是生动有趣、活泼可爱的；另一方面，流动的光影引逗出作者的好奇心并让他获得人生感悟，从"思绪腾翻，透视万有"到"怡然自得，其乐陶陶"，感到人生和大地的"非常可爱"，直至内心萌生诗意、笔端流淌诗句。每一处景物都牵动着作者的情愫：藤娘身上光影的变化，引发了作者对晨光的兴趣、对人间美好友情的眷恋；空中鸽影的反复出现，不断点缀于晨光的各种画面中；窗外的大树、窗内的君子兰，无一处不彰显着生机与活力。生动多彩的情致，变化摇曳的结构，明快的节律，起伏有致的韵律，让人不忍释手，愿意一读再读！细致品味生活，生活报以乐趣！

第四辑

故乡与他乡

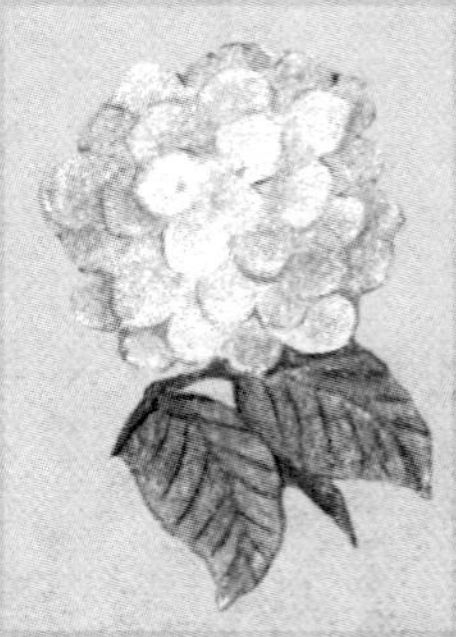

月是故乡明

每个人都有个故乡。人人的故乡都有个月亮。人人都爱自己的故乡的月亮。事情大概就是这个样子。

但是，如果只有孤零零一个月亮，未免显得有点儿孤单。因此，在中国古代诗文中，月亮总有什么东西当陪衬，最多的是山和水，什么"山高月小""三潭印月"等等，不可胜数。

我的故乡是在山东西北部大平原上。我小的时候，从来没有见过山，也不知山为何物。我曾幻想，山大概是一个圆而粗的柱子吧，顶天立地，好不威风。以后到了济南，才见到山，恍然大悟：山原来是这个样子呀！因此，我在故乡里望月，从来不同山联系。像苏东坡说的"月出于东山之上，徘徊于斗牛之间"，完全是我无法想象的。

至于水，我的故乡小村却大大地有。几个大苇坑占了小村面积一多半。在我这个小孩子眼中，虽不能像洞庭湖"八月湖水平"那样有气派，但也颇有一点儿烟波浩渺之势。到了夏天，黄昏以后，我在坑边的场院里躺在地上，数天上的星星。有时候在古柳下面点起篝火，然后上树一摇，成群的知了飞落下来，比白天用嚼烂的麦粒去粘要容易得多。我天天晚上乐此不疲，天天盼望黄昏早早来临。

到了更晚的时候，我走到坑边，抬头看到晴空一轮明月，清光四溢，与水里的那个月亮相映成趣。我当时虽然还不懂什么叫诗兴，但也顾而乐之，心中油然有什么东西在萌动。我有时候在坑边玩儿很久，才回家睡觉，在梦中见到两个月亮叠在一起，清光更加晶莹澄澈。第二天一早起来，我到坑边苇子丛里去捡鸭子下的蛋，白白地一闪光，手伸向水中，一摸就是一个蛋。此时更是乐不可支了。

我只在故乡待了六年，以后就离乡背井，漂泊天涯。在济南住了十多年，在北京度过四年，又回到济南待了一年，然后在欧洲住了近十一年，重又回到北京，到现在已经四十多年了。在这期间，我曾到过世界上将近三十个国家，我看过许许多多的月亮。在风光旖旎的瑞士莱茫湖上，在平沙无垠的非洲大沙漠中，在碧波万顷的大海中，在巍峨雄奇的高山上，我都看到过月亮。这些月亮应该说都是美妙绝伦的，我都异常喜欢。但是，看到它们，我立刻就想到我故乡中那个苇坑上面和水中的那个小月亮。对比之下，无论如何我也感到，这些广阔世界的大月亮，万万比不上我那心爱的小月亮。不管我离开我的故乡多少万里，我的心立刻就飞来了。我的小月亮，我永远忘不掉你！

我现在已经年近耄耋，住的朗润园是燕园胜地。夸大一点儿说，此地有茂林修竹，绿水环流，还有几座土山点缀其间。风光无疑是绝妙的。前几年，我从庐山休养回来，一个同在庐山休养的老朋友来看我。他看到这样的风光，慨然说："你住在这样的好地方，还到庐山去干吗呢！"可见朗润园给人印象之深。此地既然有山，有水，有树，有竹，有花，有鸟，每逢望夜，一轮当空，月光闪耀于碧波之上，上下空濛，一碧数顷，而且荷香远溢，宿鸟幽鸣，真不能不说是赏月胜地。荷塘月色的奇景，就在我的窗外。不管是谁来到这里，难道还能不顾而乐之吗？

然而，每值这样的良辰美景，我想到的却仍然是故乡苇坑里那个平凡的小月亮。见月思乡，已经成为我经常的经历。思乡之病，说不上是苦是乐，其中有追忆，有惆怅，有留恋，有惋惜。流光如逝，时不再来。在微苦中实有甜美在。

月是故乡明，我什么时候能够再看到我故乡里的月亮呀！我怅望南天，心飞向故里。

一九八九年十一月三日

名师赏析

月亮在何地都是一样的，但作者却说家乡的月亮更明，这与作者长期在外漂泊的经历有关。作者与真实的故乡月亮只是相伴六年，但是与心头的故乡月亮却是相伴一生！作者以月作为抒情线索，通过对故乡和自己童年生活的回忆，特别是对故乡月色的动人描写，抒发了自己对故乡永远的思念与牵挂。作者首先通过对故乡的月亮的描述，表达了对故乡的思念之情。其间回忆了四件趣事：躺在场院的地上数星星、在故乡柳树下点篝火摇树捉知了、在大苇坑边望月游玩、坑边苇子丛里捡鸭蛋，记忆中家乡的月明、门前池塘的月影、月夜下的童趣，足够回忆一生。接着，作者将在济南、北京和世界其他地方见到的月亮与故乡的月亮对比，强调自己对故乡的小月亮的喜欢，再次表达对故乡的深情。随后，作者又拿赏月胜地朗润园与故乡的小月亮相比，表现浓浓的思乡之情。最后，作者直抒胸臆表达对故乡的思念。月亮，是思乡情感的载体，也是本文的抒情线索。见月而思乡，思乡又不能归乡，于是思乡之情中又多了一份归乡的渴望！

官庄记行

八月六日，一大早我们就出发到官庄去。

官庄是我诞生的地方，原属清平县。忘记了是中华人民共和国成立后的哪一年，清平县建制被撤销，东一半划归高唐县，西一半划归临清，于是我一变而为临清人。我早年写的文章中，常见"清平"这个字眼，读者大都迷惑不解，其根源就在这里。

官庄距临清二十公里。山东公路的数量和质量都蜚声全国。临清到官庄的一段路也是柏油马路，平坦，宽敞，乘汽车四十分钟可到。回乡扫墓，本来是属于个人的私事，用不着兴师动众。可是临清市领导也派了开路的警车，还有一大批官员随行。我是一个上不得台盘的人，最不喜欢摆谱儿，可是这一次又是非摆不行了。但是我无意中发现，汽车的辆数比昨天少多了。虽然依然是招摇过市，但车队的长龙都短了不少。原来，那几个广播电台的工作人员，包括倪萍在内，都在早晨五点就离开临清，直奔官庄，以便抢占拍摄的制高点，拍取独特的镜头。他们这种敬业精神实在让我在心中佩服不已。

我们的车队转瞬就到了官庄。唐人诗："近乡情更怯，不敢问来人。"原意大概是，当时没有近代的邮局，出门在外，与家人音信难通。天涯游子，一旦回家，家中的情况模糊不清。谁死？谁生？一概不明。走近家乡，忐忑不安，连迎面遇到的人也怯生生地不敢问上两句。我现在却大不相同了，家里的情况，我一清二楚，根本用不着什么"怯"。

实际上，也根本容不得我有什么"怯"。官庄是一个贫困僻远的小村，全村人口不足两千人。今天大概是倾家出动，也可能还有外村来看热闹的人。因此，我们的车一进村，就被人墙堵住，只好下车。只见万头攒动，人声鼎沸，我哪里还来得及"怯"呢？小学生排成了长队，站在两旁，手执小红旗，也学城里的样子，连声不断地高呼："欢迎！欢迎！热烈欢迎！"红红的小脸蛋上溢满了欢乐、兴奋，还掺杂着一点儿惊异。虽然市或镇政府派来了许多军警来维持秩序，小学生的阵列还是不时被后面的观众冲破，于是我面前也挤满了人，挡住了去路。我心中又暗暗地发笑：我有什么可看的呢？不过是一个颓然秃顶白发的九旬老人而已。八十四年以前，当眼前这些小学生的老爷爷、老奶奶还活着的时候，也就是我六岁以前的时候，我曾在这个村里住过六年。当时家里极穷，常年吃不饱，穿不暖。在夏天里，我是赤条条一身无牵挂，根本不知道洗手洗脸为何事。中午时分，跳入小河沟，然后爬上来在黄土堆里滚上几滚，浑身沾满了黄土，再跳入沟中洗干净，就像在影片上看到的什么国家的大象一样。现在，隔了八十多年，那个小脏孩子又回来了，可是已经垂垂老矣。我感觉到，那个小脏孩是我，又不像是我。我有点儿发思古之幽情了。

然而，时间是异常紧迫的，幽情不容许我发得太久。有几个军警开路，我走进了义德的家。这本是我们家的旧址，义德改建、扩建，才成了现在这个格局，但究竟是什么样子，因为院子里挤满了人，我实在看不出来。我脑海里浮现的是八十多年前的样子：院子里有两棵高过房顶的大杏树，结的是酸杏，当年我的第一个老师——顺便说一句，我到现在也不知道，这个词儿是怎么来的，我那时的境况和年龄都不允许我念书的——马景恭先生常来摘杏吃。同村的一个男孩子，爬上房顶偷杏吃，不慎跌下来，摔断了腿，院前门旁还有一棵花椒树，而今都踪影不见了。这些回忆都是在一刹那间出现的，确实很甜美；但都已经如云如烟，又如海上三山，无限渺茫了。此时院子里人声嘈杂，拥拥挤挤，门框都有被挤断的危险。我只坐了几分钟，就被人扶出来，冲破重围，走出大门。我回头瞥见院内拴着一头大牛，好像还有一辆拖拉机。心里想：义德的小日子大概还过得颇为红火。

  我们又坐上了汽车，在人海中驶向墓地。透过车窗看到成百的乡亲们在走捷径，想在我们前面赶到目的地。感谢义德和孟祥的精心安排，墓地上一切都已经准备就绪，有供品，有香烛，还有一挂鞭炮。大概还有别的东西，只觉得眼花缭乱，五光十色，一时难以看清了。这里共有两座坟墓，其中之一埋葬着我的祖父和祖母，两个人我都没有见过面。另一座埋葬着我的父母。我最关注的还是我母亲的坟。我一生不知道写过多少篇关于母亲的文章了，我也不知道有多少次在梦中同母亲见面了；但我在梦中看到的只是一个迷离的面影，因为母亲确切的模样我实在记不清了。今天我来到这里，母亲就在我眼前，只隔着一层不厚的黄土，然而却人天悬隔，永世不能见面了，我的眼泪夺眶而出，滴到了眼前的香烛上。我跪倒在母亲墓前，心中暗暗地说："娘啊！这恐怕是你儿子今生最后一次来给你扫墓了。将来我要睡在你的身旁！"

我站了起来，用迷离模糊的泪眼环视四周。人来得更多了，仿佛比进庄时还要多，里三层，外三层，都瞪大了眼睛，看眼前这一幕"奇景"。各路电视台的人马当然更是不甘落后，个个摆好了架势，大拍特拍。我确实没有看到倪萍。但是我回北京以后不久，看到几个月前倪萍在中央电视台主持的"聊天"节目中我与她聊天的情景，结尾处却出现她在官庄采访老乡们的图像和我跪在母亲墓前的形象，显然是后加上去的。她大概也是在那一天黎明时分离开临清赶到官庄的。

我要离开母亲的墓地了，内心里思绪腾涌。何时再来？能否再来？都是未知数。人生至此，夫复何言！我向围观的成百上千的乡亲们招了招手，表示谢意，赶快钻进了汽车，于上午十点回到了临清，前后只用了两个小时。但是为母亲扫墓的这一幕将会永远永远地印在我的心中。

二〇〇一年九月二十二日

名师赏析

官庄是作者的出生地，也是父母的安葬之地。作者记叙了回乡扫墓的经历，感慨"为母亲扫墓的这一幕将会永远永远地印在我的心中"。为何如此感慨？回看全文，大家会发现其中几点缘由。首先，童年的点点滴滴涌上心头。少小离家，耄耋之年返回，往事不可阻挡地涌入心头：和小伙伴在小河沟里打滚的日子、老宅院子里大杏树和花椒树、童年的教书先生和邻家男孩……历历在目。再者，对母亲的思念和愧疚难以释怀。为祖先扫墓，最难忘的仍是母亲，虽天人永隔、面影迷离，但仍渴盼他日自己下葬后能永远陪伴母亲，其情动人。还有，扫墓本是私事，可是家乡的父老乡亲的周详安排、热情迎接令作者感喟，人山人海的场景、热情关注的氛围令作者终生难忘。身为名人而备受关注，然而透过文字，我们却能真切地感受到老先生骨子里的谦逊和内心对乡亲的感激。

春满燕园

燕园花事渐衰。桃花、杏花早已开谢。一度繁花满枝的榆叶梅现在已经长出了绿油油的叶子。连几天前还开得像一团锦绣似的西府海棠,也已落英缤纷、残红满地了。丁香虽然还在盛开,灿烂满园,香飘十里,但已显出疲惫的样子。北京的春天本来就是短的,"雨横风狂三月暮,门掩黄昏,无计留春住。"看来春天就要归去了。

但是人们心头的春天却方在繁荣滋长。这个春天,同在大自然里的春天一样,也是万紫千红、风光旖旎的,但它却比大自然里的春天更美、更可爱、更真实、更持久。郑板桥有两句诗:"闭门只是栽兰竹,留得春光过四时。"我们不栽兰,不种竹;我们就把春天栽种在心中,它不但能过今年的四时,而且能过明年、后年,不知多少年的四时,它要常驻我们心中,成为永恒的春天了。

昨天晚上,我走过校园。四周一片寂静,只有远处的蛙鸣划破深夜的沉寂,黑暗仿佛凝结了起来,能摸得着,捉得住。我走着走着,蓦地看到远处有了灯光,是从一些宿舍的窗子里流出来的。我的心里一愣,我的眼睛仿佛有了佛经上叫作天眼通的那种神力,透过墙壁,就看了进去。我看到一位年老的教师在那里伏案苦读，他仿佛正在写文章，想把几十年的研究心得写下来，丰富我们文化知识的宝库。他又仿佛是在备课，想把第二天要讲的东西整理得更深刻、更生动，让青年学生获得更多的滋养。他也可能是在看青年教师的论文，想给他们提些意见，共同切磋琢磨。他时而低头沉思，时而抬头微笑。对他说来，这时候，除了他自己和眼前的工作以外，宇宙万物都似乎不存在，他完完全全陶醉于自己的工作中了。

今天早晨，我又走过校园。这时候，晨光初露，晓风未起。浓绿的松柏，淡绿的杨柳，大叶的杨树，小叶的槐树，成行并列，相映成趣。未名湖绿水满盈，不见一条皱纹，宛如一面明镜。还看不到多少人走路，但从绿草湖畔，丁香丛中，杨柳树下，土山高尖却传来一阵阵朗诵外语的声音。倾耳细听，俄语、英语、梵语、阿拉伯语，等等，依稀可辨。在很多地方，我只是闻声而不见人，但是仅仅从声音里也可以听出那种如饥如渴迫切吸收知识、学习技巧的炽热心情。这一群男女大孩子仿佛想把知识像清晨的空气和芬芳的花香那样一口气吸了下去。我走进大图书馆，又看到一群男女青年挤坐在里面，低头做数学或物理、化学的习题，也都是全神贯注，鸦雀无声。

我很自然地就把昨天夜里的情景同眼前的情景联系了起来。年老的一代是那样，年青的一代又是这样，还能有比这更动人的情景吗？我心里陡然充满了说不出的喜悦。我仿佛看到春天又回到园中：繁花满枝，一片锦绣。不但已经开过花的桃树和杏树又开出了粉红色的花朵，连根本不开花的榆树和杨柳也满树红花。未名湖中长出了车轮般的莲花，正在开花的藤萝颜色显得格外鲜艳。丁香也是精神抖擞，一点也不显得疲惫。

总之是万紫千红，春色满园。

　　这难道仅仅是我一个人的幻象吗？不是的。这是我心中那个春天的反映。我相信，住在这个园子里的绝大多数的教师和同学心中都有这样一个春天，眼前也都看到这样一个春天。这个春天是不怕时间的。即使到了金风送爽、霜林染醉的时候，到了大雪漫天、一片琼瑶的时候，它也会永留心中，永留园内，它是一个永恒的春天。

一九六二年五月十一日

名师赏析

　　大自然的春天是短暂的，人们心头的春天却是永恒的。这篇文章创作于1962年，作者想表达的是对北大新面貌、新气象的由衷赞美之情。作者从暮春的燕园花事渐衰写起，看到的是大自然春天的渐行渐远。笔锋一转，作者写到了人们心头的春天繁荣滋长，由郑板桥的诗句联想到北大师生在心头种下的春天。接着，作者描绘了两个场景：从校园宿舍窗口流淌的灯光里，作者推测出窗前学者们伏案苦读沉醉于工作的情景；从清晨校园里琅琅的读书声和图书馆里伏案学习的身影里，作者看见了年轻人求知若渴的心境。回应开头自然界的暮春，此处作者描绘了心中春满燕园的情形，由此发出感慨："这个春天是不怕时间的。即使到了金风送爽、霜林染醉的时候，到了大雪漫天、一片琼瑶的时候，它也会永留心中，永留园内，它是一个永恒的春天。"此文一出，轰动一时，人们备受鼓舞。只有心中充满对生活的热爱和对未来的美好憧憬的人，才会让春天永驻心头！

偶仿徐青藤人多不識 白

清华颂

清华园,永远占据着我的心灵。回忆起清华园,就像回忆我的母亲。

又怎能不这样呢?我离开清华已经四十多年了,中间只回去两三次。但是每次回到清华园,就像回到母亲的身边,我内心深处油然起幸福之感。在清华的四年生活,是我一生中最难忘、最愉快的四年。在那时候,我们国家民族正处在危急存亡的紧急关头,清华园也不可能成为世外桃源。但是园子内的生活始终是生气勃勃的,充满了活力的。民主的气氛,科学的传统,始终占着主导的地位。我同广大的清华校友一样,现在所以有这一点点知识,难道不就是在清华园中打下的基础吗?离开清华以后,我当然也学习了不少的新知识,但是在每一个阶段,只要我感觉到学习有所收获,我立刻想到清华园,没有在那里打下的基础,所有这一切都是不可能的。

但是清华园却不仅仅是像我的母亲,而且像一首美丽的诗,它永远占据着我的心灵。

又怎能不这样呢?清华园这名称本身就充满了诗意。它的自然风光又是无限地美妙。每当严冬初过,春的信息,在清华园要比别的地方来得早,阳光似乎比别的地方多。这里的青草从融化过的雪地里探出头来，我们就知道：春天已经悄悄地来了。过不了多久，满园就开满了繁花，形成了花山、花海。再一转眼间，就听到满园蝉声，荷香飘溢。等到蝉声消逝，荷花凋零，红叶又代替了红花，"霜叶红于二月花"。明月之夜，散步荷塘边上，能充分享受朱自清先生所特别欣赏的"荷塘月色"。待到红叶落尽，白雪渐飘，满园就成了银妆玉塑，"既然冬天已经到了，春天还会远吗？"我们就盼望春天的来临了。在这四时变换、景色随时改变的情况下，有一个永远不变的背景，那就是西山的紫气。"烟光凝而暮山紫"，唐朝王勃已在一千多年以前赞美过这美妙绝伦的紫色了。这样，清华园不是一首诗而是什么呢？

在人生的道路上，我已经走了不短的一段路。看来我要走的道路也还不会是很短很短的，对我来说，清华园这一幅母亲的形象，这一首美丽的诗，将在我要走的道路上永远伴随着我，永远占据着我的心灵。

一九八一年一月二十二日

名师赏析

纸短情长！这篇短小文章承载着一位学者对清华园深深的感激与爱恋！季老先生以古稀之身作《清华颂》，回望人生的青葱岁月，蕴藏着对清华园满满的爱。开篇"清华园，永远占据着我的心灵"即点明了清华园在季老先生心中的地位。缘由何在？作者从两方面表达了自己对清华园的深情依恋：清华园就像自己的母亲，清华园像一首美丽的诗！他十九岁进清华，二十三岁毕业，四载寒窗，奠定了百年学问的基础。回忆清华园里的求学生活，作者沉浸在科学民主的氛围中，感受着清华人生机勃勃的活力，终身受益。清华园的确像母亲一样滋养了他的一生。回味清华园的自然风光，四时不同，却各具魅力，就连身在冬天也看得到春的希望，四时风光共有的背景是西山的紫气，它为清华园的诗意更添几分美感。能在时局动荡的艰苦求学岁月中感受诗意，还能让这份诗意滋养生命，我们不能不佩服作者对生活的感受力，更能理解作者所言"占据着我的心灵"的丰富意蕴。

火焰山下

从前读《西游记》,读到火焰山,颇震惊于那火势之剧烈。后来,听人说,火焰山影射的就是吐鲁番。可是吐鲁番我以前从未到过,没有亲身感受,对于火焰山我就只有幻想了。

万没有想到,我今天竟来到火焰山下。

火焰山果然名不虚传。在乌鲁木齐,夜里看电影,须要穿上棉大衣。然而,汽车从乌鲁木齐开出,开过达坂城,再往前走一段,一出天山山口,进入百里戈壁,迎面一阵热风就扑向车内,我们仿佛一下子落到蒸笼里面;而且是越走越热。中午到了吐鲁番县,从窗子里看出去,一片骄阳,闪耀在葡萄架上,葡萄的肥大的绿叶子好像在喘着气。有人告诉我,吐鲁番的炎热时期已经过去;我们来的前两天,气温是四十多摄氏度;今天已经"凉爽"得多了,只有三十九摄氏度。但是,从我自己的亲身感受中,同乌鲁木齐比较起来,吐鲁番仍然是名副其实的火焰山。

这让我立刻想到了非洲的马里。我曾在最热的时期访问过那个国家,气温是五十多摄氏度。我们被囚在有空调设备的屋子里,从双层的玻璃窗子看出去,院子里好像是一片火海。阳光像是在燃烧,不是像在吐鲁番一样燃烧在葡萄架上,而是燃烧在参天的芒果树上。芒果树也好像在喘着气。树下当然是有阴影的；但是连那些阴影看上去也绝不给人以清凉的感觉，而仿佛是火焰的阴影。

我眼前的吐鲁番俨然就是第二个马里。

我们就在类似马里那样炎热的一个下午驱车近百里去探望高昌古城的遗址。

一走出吐鲁番县，又是百里戈壁，寸草不生，遍布砂粒，极目天际，不见人烟。阳光毫无遮拦地照射在这些砂粒上，每一粒都闪闪发光，仿佛在喷着火焰。远处是一列不太高的山，这就是那有名的火焰山。上面没有一点绿的东西，没有一点有生命的东西。石头全是赤红色的，从远处望过去，活像是熊熊燃烧着的火焰，这不是人间的火，也不是神话中的天堂里的火和地狱之火。这是火焰已经凝固了的火，纹丝不动，但却猛烈；光焰不高，但却团聚。整个天地，整个宇宙仿佛都在燃烧。我们就处在上达苍穹下抵黄泉的大火之中。

我从前读《西游记》，读到那一段关于火焰山的描绘，我只不过觉得好玩而已。书上描绘说，离开火焰山不远，房舍的瓦都是红的，门是红的，板榻也是红的，总之是一切都是红的，连卖切糕的人推的车子也是红的。那里"有八百里火焰，四周围寸草不生。若过得山，就是铜脑盖、铁身躯，也要化成汁哩"。八百里当然是夸大之词；但是在我眼前，整个山全是红的，周围寸草不生，这些全是实情。我现在毫无好玩的感觉。我只有一个渴望，一个十分迫切的渴望，渴望得到铁扇公主那一把芭蕉扇，用手一扇，火焰立刻熄灭，清凉转瞬降临。

我现在很不理解，为什么当年竟在这样一个地狱似的酷热的地方建筑了高昌城。唐朝的高僧玄奘到印度去求法，曾经路过高昌。《大慈恩寺三藏法师传》里面，对他在高昌的情况有细致生动的描绘。这里讲到了城门，讲到了王宫，讲到了王宫中的重阁，讲到了王宫旁边的道场。虽然没有讲到市廛的情况，但是有上述的那些地方，则王宫之外，必然是市廛林立，行人熙攘。每当黄昏时分，夜幕渐渐笼罩住大漠，黑暗弥漫于每一个角落，跋涉过千山万水，横绝大戈壁的商队迤逦入城，驼铃丁当，敲碎了黄昏的寂静。每一间黄土盖成的房子里也必然有淡黄的灯光流出，把窄窄的长街照得朦胧虚幻，若有若无……但是今天我们来到这里，早已面目全非，城市的轮廓大体可见，城门和街道历历可指。然而看到的却只有断壁颓垣，而且还不同于一般的断壁颓垣。这里根本没有砖瓦，所有的建筑——皇宫、佛寺、大厅、住宅，统统是黄土堆成。这种黄土坚硬似铁，历千年而不变，再加上这里根本很少下雨，因此这一座黄泥堆成的城才能保存到今天。我们今天看到的是一片淡黄，没有一棵树，没有一根草。"春风不度玉门关"，春天好像已经被锁在关内，这里与春天无份了。

在这里，我无论如何也想象不出，当年玄奘来到这里是什么情景。我想象不出，他是怎样同麴文泰会面，怎样同麴文泰的母亲会面的。他在这里住了一段时间，大概每天也就奔波于一片淡黄之中。麴文泰也像后来唐太宗一样想劝玄奘还俗。玄奘坚持不动，甚至以绝食至死相威胁，终于感动了麴文泰母子，放玄奘西行。这是多么热烈的人类生活的场面。然而今天这一些都到哪里去了呢？我一时忍不住发思古之幽情，前不见古人，后不见来者。但是我却并没有独怆然而泪下。在历史的长河中，人人都是这样，后之视今亦犹今之视昔。我丢开了这种幽情，抬眼四望，这一座黄土古城的断壁颓垣顿时闪出了异样的光辉。

第二天，我们又在同样酷热的天气中去凭吊交河古城。这座古城正处在同高昌相反的方向。从表面上看上去，它同高昌几乎没有什么不同之处：一样是黄土堆成的断壁颓垣，一样是寸草不生，一样是一片淡黄。"西风残照，汉家陵阙"，一样能引起人们的思古之幽情。但是，从环境上来看，却与高昌迥乎不同。"交河"这个名称就告诉我们，它是处在两河之交的地方。从残留的城墙上下望，峭壁千仞，下有清流，绿禾遍野，清泉潺湲。我从前读唐代诗人李颀的诗《古从军行》："白日登山望烽火，黄昏饮马傍交河。行人刁斗风沙暗，公主琵琶幽怨多。野云万里无城郭，雨雪纷纷连大漠。胡雁哀鸣夜夜飞，胡儿眼泪双双落。"我无论如何也想象不出，交河究竟是什么样子。今天亲身来到交河，一目了然，胸无阻滞，我那思古之幽情反而慢慢暗淡下去，而对古人所说的"读万卷书，行万里路"由衷地钦佩起来了。

就这样，我在吐鲁番住了几天，两天看了两座历史上有名的古城。这两座名城同火焰山当然不一样，但是其炎热的程度却只能说是不相上下。我上面讲到的看到火焰山时的那一个渴望得到铁扇公主芭蕉扇的幻想，时时萦绕在我脑际，一刻也不想离去。然而我的理智却让我死心塌地地相信，那只是幻想，世界上哪里会有什么铁扇公主，哪里会有什么芭蕉扇？吐鲁番这地方注定是火焰山的天下了。

然而，到了黄昏时分，当我们凭吊完古城乘车回宾馆的时候，招待我们的主人提出来要到葡萄沟去转一转。我根本不知道，葡萄沟是什么样子。"去就去吧！"我在心里平静地想，我万万没有想到，在这个地方，在这个时候，能会出现什么奇迹。

可是，汽车转了几转，奇迹就在眼前出现了。两行参天的杨树整整齐齐地排在大路两旁，潺潺的水声透过杨树传了出来。浓密的葡萄架散布在小溪岸边，杨柳树下。这里绿意葱茏，浓荫四布。身上还感到有一些凉意。我一下子怔住了：我现在是在火焰山下吗？是不是真有人借来了铁扇公主的芭蕉扇把火焰扇灭了呢？我自凝神细看：绿杨葡萄，清泉潺湲，丝毫也不容怀疑。我来到葡萄沟了。

车子开上去，最后到了一座花园。园子里长满葡萄，小溪萦绕。山脚下有一个小池子，泉水从石缝中流出，其声清脆。有一群红色游鱼在池中摇摆着尾巴游来游去。我们坐在葡萄架下，品尝着有名的新疆葡萄。此时凉意渐浓，仿佛一下子从酷热的三伏来到凉爽的深秋，火焰山一下子变成了清凉世界。看来，铁扇公主的那一把芭蕉扇在唐代大概是缺少不了的。但是，到了今天，已经换了人间，这扇子就没有作用了。

新疆毕竟是一块宝地，有火焰山，也有葡萄沟，而葡萄沟偏偏就在火焰山下。这就是我们的吐鲁番，这就是我们的新疆。

1979年8月26日在库车写成初稿
1980年4月22日在北京修改完成

名师赏析

　　作者的游记，文字中包含着对祖国山河的热爱。即便是在酷热难当的火焰山下，作者依然能从中品出"宝地"的内涵。文章叙述了作者到吐鲁番火焰山下拜访高昌古城和交河古城的经历，感受火焰山下非比寻常的炎热；继而叙述意外中来到葡萄沟，感受到非比寻常的清凉时内心的巨大反差。虽然一直渴望有铁扇公主的芭蕉扇扑灭火焰山的炎热，但面对火焰山下葡萄沟的清凉却由衷感叹"换了人间"，于是自豪地说："这就是我们的吐鲁番，这就是我们的新疆。"作者的文字感染力特别强。细读文中关于火焰山炎热的描写，不仅有阳光的炫目、火焰般的炽烈、环境的燥烈、石头的赤红、天地的燃烧、人身体的感受，还有与乌鲁木齐的对比、与非洲马里的类比，甚至还有读《西游记》的描述感觉"好玩"和此时身处火焰山下"毫无好玩的感觉"的对比，从不同角度、不同层面极尽描写之能事，让读者有身临其境之感！作者的博学更令人叹服。面对凋敝的残垣，作者发思古之幽情，想象高昌古城曾经的繁华、玄奘的游历等热烈的人类生活画面，这些文字，为火焰山更添奇异的"热烈"光辉！

我爱北京的小胡同

我爱北京的小胡同，北京的小胡同也爱我，我们已经结下了永恒的缘分。

六十多年前，我到北京来考大学，就下榻于西单大木仓里面一条小胡同中的一个小公寓里。白天忙于到沙滩北大三院去应试。北大与清华各考三天，考得我焦头烂额，筋疲力尽；夜里回到公寓小屋中，还要忍受臭虫的围攻，特别可怕的是那些臭虫的空降部队，防不胜防。

但是，我们这一帮山东来的学生仍然能够苦中作乐。在黄昏时分，总要到西单一带去逛街。街灯并不辉煌，"无风三尺土，有雨一街泥"，也会令人不快。我们却甘之若饴。耳听铿锵清脆、悠扬有致的京腔，如闻仙乐。此时鼻管里会蓦地涌入一股幽香，是从路旁小花摊上的栀子花和茉莉花那里散发出来的。回到公寓，又能听到小胡同中的叫卖声："驴肉！驴肉！""王致和的臭豆腐！"其声悠扬、深邃，还含有一点凄清之意。这声音把我送入梦中，送到与臭虫搏斗的战场上。

将近五十年前，我在欧洲待了十年多以后，又回到了故都。这一次是住在东城的一条小胡同里：翠花胡同，与南面的东厂胡同为邻。我住的地方后门在翠花胡同，前门则在东厂胡同,据说就是明朝的特务机关东厂所在地,是折磨、囚禁、拷打、杀害所谓"犯人"的地方,冤死之人极多,他们的鬼魂据说常出来显灵。我是不相信什么鬼怪的,我感兴趣的不是什么鬼怪显灵,而是这一所大房子本身。它地跨两个胡同,其大可知。里面重楼复阁,回廊盘曲,院落错落,花园重叠,一个陌生人走进去,必然是如入迷宫,不辨东西。

然而,这样复杂的内容,无论是从前面的东厂胡同,还是从后面的翠花胡同,都是看不出来的。外面十分简单,里面十分复杂;外面十分平凡,里面十分神奇。这是北京许多小胡同共有的特点。

据说当年黎元洪大总统在这里住过。我住在这里的时候,北大校长胡适住在黎住过的房子中。我住的地方仅仅是这个大院子中的一个旯旮,在西北角上。但是这个旯旮也并不小,是一个三进的院子,我第一次体会到"庭院深深深几许"的意境。我住在最深一层院子的东房中,院子里摆满了汉代的砖棺。这里本来就是北京的一所"凶宅",再加上这些棺材,黄昏时分,总会让人感觉到鬼影幢幢,毛骨悚然。所以很少有人敢在晚上来拜访我。我每日"与鬼为邻",倒也过得很安静。

第二进院子里有很多树木,我最初没有注意是什么树。有一个夏日的晚上,刚下过一阵雨,我走在树下,忽然闻到一股幽香。原来这些是马缨花树,现在树上正开着繁花,幽香就是从这里散发出来的。

这一下子让我回忆起十几年前西单的栀子花和茉莉花的香气。当时我是一个十九岁的大孩子,现在成了中年人。相距将近二十年的两个我,忽然融合到一起来了。

不管是六十多年，还是五十年，都成为过去了。现在北京的面貌天天在改变，层楼摩天，国道宽敞。然而那些可爱的小胡同，却日渐消逝，被摩天大楼吞噬掉了。看来在现实中小胡同的命运和地位都要日趋消沉，这是不可抗御的，也不一定就算是坏事。可是我仍然执着地关心我的小胡同。就让它们在我的心中占一个地位吧，永远，永远。

我爱北京的小胡同，北京的小胡同也爱我。

一九九三年十月二十五日

名师赏析

"我爱北京的小胡同，北京的小胡同也爱我。"这句话在开头和结尾出现了两次，作者正是围绕这一句话展开了全文。两度居住在北京的胡同里，作者与胡同结下了永恒的缘分。第一次是十九岁来北京考大学居住在西单的小胡同里，第二次是从欧洲返回北京住在东城的翠花胡同和东厂胡同间。两次的生活经历不一样，感受也大不相同。备考期间，筋疲力尽，还要与臭虫搏斗，但大家能苦中作乐，甘之若饴。西单的京腔如仙乐、花香耐回味、叫卖声悠扬深邃，生活赋予作者的是美好的回忆。工作以后，独居深院，"与鬼为邻"，但孤寂凄恻环境中马缨花散发幽香带来的慰藉终生难忘，仿若西单的栀子茉莉曾给予的美好！这些生活经历决定了作者对胡同的那份爱，胡同环境所赋予的生活感受让作者感受到了胡同对他的爱。作者对生活赐予的一切，都能从平凡中感受到丰富意蕴，以此滋养自己的心田，也滋养读者的灵魂。

杏子 白石

西双版纳礼赞

在北京的时候,我就常常想到西双版纳。每一想到,思想好像要插上翅膀,飞呀,飞呀,不知道要飞多久,飞多远,才能飞到祖国的这一个遥远的边疆地区。

然而,今天我到了西双版纳,却觉得北京就在我跟前。我仿佛能够嗅到北京的气味,听到北京的声音,看到北京的颜色;我的一呼、一吸、一举手、一投足,仿佛都与北京人共之。我没有一点辽远的感觉。这是什么原因呢?

这原因,我最初确是百思莫解。它对我仿佛是一个神秘的谜,我左猜右猜,无论如何也猜不透。

但是,我终于在无意中得到了答案。

有一天,我们在允景洪参观一个热带植物园。一群男女青年陪着我们。听他们的口音,都不是本地人:有的来自南京,有的来自上海,有的来自湖南,有的来自江苏。尽管故乡不同,方音各异,现在却和睦融洽地生活在一起,工作在一起。在浓黑的橡胶树荫里,在五彩缤纷的奇花异草的芳香中,这些青年兴致勃勃地给我们解释每一棵植物的名称、特点、经济价值。有一个女孩子,垂着一双辫子,长着一对又圆又大又亮的眼睛。双颊像苹果一般地红艳。她浑身洋溢着青春的活力,眼睛里闪烁着动人的光芒。她正巧走在我的身旁，我就同她闲谈起来：

"你是什么地方人呢？"

"福建厦门。"

"来了几年了？"

"五年了。"

"你不想家吗？"

女孩子嫣然一笑，把辫子往背后一甩，从容不迫地说道：

"哪里是祖国的地方，哪里就是我可爱的家乡。"

我的心一动。这一句话多么值得深思玩味呀。从这些男女青年的神情上来看，他们早已把西双版纳当做自己的家乡。而我自己虽然来到这里不久，也在不知不觉中把西双版纳当做自己的家乡了，我已经觉得它同北京没有什么差别了。

我曾不止一次地听日本朋友说到中国青年的眼睛特别亮，这个观察很细致。西双版纳的青年们，确实都像从厦门来的那个女孩子，眼睛特别明亮。这眼睛不但看到现在，而且看到将来；里面洋溢着蓬勃的热情、炽热的希望和美丽的幻想。

西双版纳是一个"黄金国"，是一个奇妙的地方，是一个能引起人们幻想的地方。到了这里，青年们的眼睛怎能不特别明亮呢？

就看看这里的树林吧。离开思茅不远，一进入西双版纳的原始密林，你就会为各种植物的那种无穷无尽、充沛旺盛的生命力所震惊。你看那参天的古树，它从群树丛中伸出了脑袋，孤高挺直，耸然而起，仿佛想一直长到天上，把天空戳上一个窟窿。大叶子的蔓藤爬在树干上，伸着肥大浓绿的胳臂，树多高，它就爬多高，一直爬到白云里去。一些像兰草一样的草本植物，就生长在大树的枝干上，骄傲地在空中繁荣滋长。大榕树劲头更大，一棵树就能繁衍成一片树林。粗大的枝干上长出了一条条的腿；只要有机会踏到地面上，它立刻就深深地牢牢地钻进去，仿佛想把大地钻透，任凭风多大，也休想动摇它丝毫。芭蕉的叶子大得惊人，一片叶子好像就能搭一个天棚，影子铺到地上，浓黑一团。总之，在这里，各种的树，各种的草，各种的花，生长在一起，纠缠在一起，长呀，长呀，长成堆，长成团，长成了一块，郁郁苍苍，浓翠欲滴，连一条蛇都难钻进去。

这里的水果蔬菜，也很惊人。一棵香蕉树能结成百上千只香蕉。肥大的木瓜，簇拥在一起，谁也不让谁；力量大的尽量扩大自己的身体，力量小的只好在夹缝中谋求生存。白菜一棵有几十斤重，拿到手里，像是满手翡翠。萝卜滚圆粗大，里面的汁水简直就要流了出来。大葱有的长得像小儿的胳臂，又白又嫩。其他的蔬菜无不肥嫩鲜美。我们初看到的时候，简直有点觉得它们大得浪费，肥得荒谬，瞠目结舌，不知道究竟应该说什么好了。

所有这一切从地里生长出来的东西，仿佛从大地的最深处带出来了一股丰盈充沛的生命活力，汹涌迸发，弥漫横溢。它在一切树木上，一切花草上，一切山之巅，一切水之涯，把这一片土地造成了美丽的地上乐园。

再说到这里的自然风光，那更是瑰丽奇伟。这里也可以说是有四季的；却与北方不同，不是春夏秋冬，而是三个春季和一个夏季。我来到这里的时候，北方正是"千里冰封，万里雪飘",这里却风和日暖,花气袭人,大概只能算是一个春季吧。我最爱这里的清晨。当一百只雄鸡的鸣声把我唤出梦境的时候,晓星未退,晨雾正浓。各种各样花草的香气,在雾中仿佛凝结了起来,成团成块,逼人欲醉。我最爱这里的月夜,月光像水一般从天空中泻下来,泻到芭蕉的大叶子上,泻到累累垂垂的木瓜上,泻到成丛的剑麻上,让一切都浸在清冷的银光中。芭蕉的门扇似的大叶子,剑麻的带锯齿的叶子,木瓜树的长圆的叶子,阴影投在地上,黑白分明,线条清晰。我最爱这里的白云。舒卷自如,变化万端,流动在群山深处,大树林中;流动在茅舍顶上,汽车轮下。它给森林系上腰带,给群峰戴上帽子。每当汽车驶入白云中的时候,下顾溪壑深处,白云仿佛变成了银桥,驮着汽车走向琼楼玉宇的天宫。我最爱这里的青山。簇簇拥拥,层层叠叠,身上驮满了万草千树,肚子里藏满了珍宝奇石,像是一条条翠绿的玉带,环绕着每一个坝子,千峰争秀,万壑竞幽。——我最爱这,我最爱那,我最爱的东西是数也数不完的。

现在这里不但获天时,有地利,最主要的还是得人和。在过去几千年的历史上,这里是有名的瘴疠地,也是有名的民族矛盾冲突的地方。许多古书上记载着一些有关此地的骇人听闻的事情,说这里的空气满含瘴气,呼吸不得;这里的水是毒泉,喝不得;许多美丽的花草也是有毒的,摸不得,嗅不得;森林里蚊子大得像蜻蜓,毒虫肥得像老鼠,简直把这里描绘成一个人间地狱。但是,今天的西双版纳却"换了人间",完全是另一番景象,另一个天地了。所谓蛮烟瘴雨,早为光天化日所代替,初升的朝阳照穿了神秘的原始密林。花显得更香,叶显得更绿，果实蔬菜显得更肥更大，风光显得更美更妙。工厂里的白烟与山中的白云流在一起，分不清哪是烟，哪是云；人们的歌声与林中的鸟声汇在一起，分不清哪是歌声，哪是鸟声。许多外地的、甚至外国的植物在这里安了家；许多外地的人也在这里安了家。十几个语言不同、信仰不同、服装不同、风俗不同的民族聚居在一个村子里，和睦融洽地生活在一起，工作在一起，像是一个大家庭。现在这里真正够得上称作人间乐园了。

在这样一个地方，青年们的眼睛特别明亮，他们把自己的理想和前途，同祖国的前途，同这个地方的前途联系起来，把这个地方当做了自己的家乡，这也是很自然的事情了。

从前，在离开这里不远的思茅，流行着两句话："要下思茅坝，先把老婆嫁。"但是，今天，我们这群来参观访问的人，都一致同意把它改成："要到思茅来，先把老婆带。"我们兴奋地相约：十年后，二十年后，我们一定要再回西双版纳来。到了那时候，西双版纳不知道究竟会美丽奇妙到什么程度。我希望，到了那时候，我能够写出比现在好的礼赞来。

一九六二年八月

名师赏析

这是一篇热情洋溢的文章，从头到尾，作者都在热情地赞美新中国的西双版纳的一切美好，充满了对焕发生机的新中国的热爱!"礼赞",是怀着敬意地赞扬。作者怀着敬意赞扬了哪些事物? 拥有充沛旺盛生命力的原始密林令人震惊,丰茂硕大的蔬菜令人瞠目结舌,生命力弥漫横溢。瑰丽奇伟的自然风光,无论是清晨还是月夜,无论是白云还是青山,都成为作者的最爱。最重要的是人和,"换了人间"的西双版纳迎来了五湖四海的建设者,和睦融洽地共同建设"人间乐园"。为什么要赞美这些?只为了回答一个问题:在这里,青年们的眼睛为什么这么亮?因为青年们已将自己的理想和前途与祖国的前途联系起来,"哪里是祖国的地方,哪里就是我可爱的家乡"道出了他们的心明眼亮,他们眼里看到的是青年人的奋斗必将创造祖国美好的未来!作者真正要礼赞的其实是这份精神的美好!文章结构巧妙,作者以自己感觉边疆并不遥远的原因入手,引导读者一点一点看西双版纳的变化与美好,每一幅画面里都浸透了一份热爱,每一段文字里都承载着一颗真心!

第五辑
自在生活

御伽草子

白檜王法

我的家

　　我曾经有过一个温馨的家。那时候,老祖和德华都还活着,她们从济南迁来北京,我们住在一起。

　　老祖是我的婶母,全家都尊敬她,尊称之为老祖。她出身中医世家,人极聪明,很有心计。从小学会了一套治病的手段。有家传治白喉的秘方,治疗这种十分危险的病,十拿十稳,手到病除。因自幼丧母,没人替她操心,耽误了出嫁的黄金时刻,成了一位山东话称之为"老姑娘"的人。年近四十,才嫁给了我叔父,做续弦的妻子。她心灵中经受的痛苦之剧烈,概可想见。然而她是一个十分坚强的人,从来没有对人流露过,实际上,作为一个丧母的孤儿,又能对谁流露呢?

　　德华是我的老伴,是奉父母之命,通过媒妁之言同我结婚的。她只有小学水平,认了一些字,也早已还给老师了。她是一个真正善良的人,一生没有跟任何人闹过对立,发过脾气。她也是自幼丧母的,在她那堂姊妹兄弟众多的、生计十分困难的大家庭里,终日愁眉愁面,当然也受过不少的苦,没有母亲这一把保护伞,有苦无处诉,她的青年时代是在愁苦中度过的。

　　至于我自己,我虽然不是自幼丧母,但是,六岁就离开母亲,没有母爱的滋味,我尝得透而又透。我大学还没有毕业,母亲就永远离开了我，这使我抱恨终天，成为我的"永久的悔"。我的脾气，不能说是暴躁，而是急躁。想到干什么，必须立即干成，否则就坐卧不安。我还不能说自己是个坏人，因为，除了为自己考虑外，我还能为别人考虑。我坚决反对曹操的"宁要我负天下人，不要天下人负我"。

就是这样三个人组成了一个家庭。

为什么说是一个温馨的家呢？首先是因为我们家六十年来没有吵过一次架，甚至没有红过一次脸。我想，这即使不能算是绝无仅有，也是极为难能可贵的。把这样一个家庭称之为温馨不正是恰如其分吗？其中也不是没有原因的。

我们全家都尊敬老祖，她是我们家的功臣。正当我们家经济濒于破产的时候，从天上掉下一个馅儿饼来：我获得一个到德国去留学的机会。我并没有什么凌云的壮志，只不过是想苦熬两年，镀上一层金，回国来好抢得一只好饭碗，如此而已。焉知两年一变而成了十一年。如果不是老祖苦苦挣扎，摆过小摊，卖过破烂，勉强让一老，我的叔父；二中，老祖和德华；二小，我的女儿和儿子，能够有一口饭吃，才得度过灾难。否则，我们家早已家破人亡了。这样一位大大的功臣，我们焉能不尊敬呢？

如果真有"毫不利己，专门利人"的人的话，那就是老祖和德华。她们忙忙叨叨买菜、做饭，等到饭一做好，她俩却坐在旁边看着我们狼吞虎咽，自己只吃残羹剩饭。这逼得我不由不从内心深处尊敬她们。

我们曾经雇过一个从安徽来的年轻女孩子当小时工，她姓杨，我们都管她叫小杨，是一个十分温顺、诚实、少言寡语的女孩子。每天在我们家干两小时的活,天天忙得没有空闲时间。我们家的两个女主人经常在午饭的时候送给小杨一个热馒头,夹上肉菜,让她吃了当午饭,立即到别的家去干活。有一次,小杨背上长了一个疮,老祖是医生,懂得其中的道理。据她说,疮长在背上,如凸了出来,这是良性的,无大妨碍。如果凹了进去,则是民间所谓的大背疮,古书上称之为疽,是能要人命的。当年范增"疽发背死",就是这种疮。小杨患的也恰恰是这种疮。于是,小杨每天到我们家来,不是干活,而是治病,主治大夫就是老祖,德华成了助手。天天挤脓、上药,忙完整整两小时,小杨再到别的家去干活。最后,奇迹出现了,过了几个月,小杨的疽完全好了。老祖始终没有告诉她这种疮的危险性。小杨离开北京回到安徽老家以后,还经常给我们来信,可见我们家这两位女主人之恩,使她毕生难忘了。

我们的家庭成员,除了"万物之灵"的人以外,还有几个并非万物之灵的猫。我们养的第一只猫,名叫虎子,脾气真像是老虎,极为暴烈。但是,对我们三个人却十分温顺,晚上经常睡在我的被子上。晚上,我一上床躺下,虎子就和另外一只名叫咪咪的猫,连忙跳上床来,争夺我脚头上那一块地盘,沉沉地压在那里。如果我半夜里醒来,觉得脚头上轻轻的,我知道,两只猫都没有来,这时我往往难再入睡。在白天,我出去散步,两只猫就跟在我后面,我上山,它们也上山;我下来,它们也跟着下来。这成为燕园中一道著名的风景线,名传遐迩。

这难道不是一个温馨的家庭吗?

然而,光阴如电光石火,转瞬即逝。到了今天,人猫俱亡,我们的家庭只剩下了我一个人,形单影只,过了一段寂寞凄苦的生活。

然而,天无绝人之路。隔了不久,我的同事,我的朋友,我的学生,了解到我的情况之后,立刻伸出了爱援之手,使我又萌生了活下去的勇气。其中有一位天天到我家来"打工",为我操吃操穿,读信念报,招待来宾,处理杂务,不是亲属,胜似亲属。让我深深感觉到,人间毕竟是温暖的,生活毕竟是"美丽的"(我讨厌这个词儿,姑一用之)。如果没有这些友爱和帮助,我恐怕早已登上了八宝山,与人世拜拜了。

那些非万物之灵的家庭成员如今数目也增多了。我现在有四只纯种的,从家乡带来的波斯猫,活泼、顽皮,经常挤入我的怀中,爬上我的脖子。其中一只,尊号毛毛四世的小猫,正在爬上我的脖子,被一位摄影家在不到半秒钟的时间内抢拍了一个镜头,赫然登在《人民日报》上,受到了许多人的赞扬,成为蜚声猫坛的一只世界名猫。

眼前,虽然我们家只剩下我一个孤家寡人,你难道能说这不是一个温馨的家吗?

二〇〇〇年十一月五日

名师赏析

本文开篇便点出"温馨的家"的主题,回忆了曾经由"老祖""德华"和"我"组成的温馨的家,一个"六十年来没有吵过一次架，甚至没有红过一次脸"的温馨的家。简单介绍了几个家庭成员的性格与经历后，通过写小杨在我家帮工受到照顾的经历，更凸显"老祖"与"德华"的善良与无私。本文语言朴实无华，但生动形象地刻画了人物，凸显了人物性格。随后又提到了家中的宠物猫带给我们的美好，更凸显这个家的温馨。"人猫俱亡"之后，"曾经温馨的家"的回忆结束，开始谈及现在的家。虽然只剩下了"我"一人，但因有了"不是亲属，胜似亲属"的同事、朋友和学生的关爱与照顾，有了新的四只宠物猫的陪伴，"我"感受到了人间的温暖、生活的美丽，只有一人的家也温馨了起来。每一段材料都紧扣主题，每一幅画面都如此"温馨"，作者的生活心态是感受"温馨"生活的源头！

寻 梦

夜里梦到母亲,我哭着醒来。醒来再想捉住这梦的时候,梦却早不知道飞到什么地方去了。

我瞪大了眼睛看着黑暗,一直看到只觉得自己的眼睛在发亮。眼前飞动着梦的碎片,但当我想到把这些梦的碎片捉起来凑成一个整个的时候,连碎片也不知道飞到什么地方去了,眼前剩下的只有母亲依稀的面影……

在梦里向我走来的就是这面影。我只记得,当这面影才出现的时候,四周灰蒙蒙的,母亲仿佛从云堆里走下来,脸上的表情有点儿同平常不一样,像笑,又像哭,但终于向我走来了。

我是在什么地方呢?这连我自己也有点儿弄不清楚。最初我觉得自己是在现在住的屋子里。母亲就这样一推屋角上的小门,走了进来,橘黄色的电灯罩的穗子就罩在母亲头上。于是我又想了开去,想到哥廷根的全城:我每天去上课走过的两旁有惊人的粗的橡树的古旧的城墙,斑驳陆离的灰黑色的老教堂,教堂顶上的高得有点儿古怪的尖塔,尖塔上面的晴空。然而,我的眼前一闪,立刻闪出一片芦苇,芦苇的稀薄处还隐隐约约地射出了水的清光。这是故乡屋后面的大苇坑。于是我立刻感觉到,不但我自己是在这苇坑的边上,连母亲的面影也是在这苇坑的边上向我走来了。我又想到，当我童年还没有离开故乡的时候，每个夏天的早晨，天还没亮，我就起来，沿了这苇坑走去，很小心地向水里面看着。当我看到暗黑的水面下有什么东西在发着白亮的时候，我伸下手去一摸，是一只白而且大的鸭蛋。我写不出当时快乐的心情。这时再抬头看，往往可以看到对岸空地里的大杨树顶上正有一轮淡红的朝阳——两年前的一个秋天，母亲就静卧在这杨树的下面，永远地，永远地。现在又在靠近杨树的坑旁看到她生前八年没见面的儿子了。

但随了这苇坑闪出的却是一枝白色灯笼似的小花，而且就在母亲的手里。我真想不出故乡里什么地方有过这样的花。我终于又想了回来，想到哥廷根，想到现在住的屋子，屋子正中的桌子上两天前房东曾给摆上这样一瓶花。那么，母亲毕竟是到哥廷根来过了，梦里的我也毕竟在哥廷根见过母亲了。

想来想去，眼前的影子渐渐乱了起来。教堂尖塔的影子套上了故乡的大苇坑，在这不远的后面又现出一朵朵灯笼似的白花，在这一些的前面若隐若现的是母亲的面影。我终于也不知道究竟在什么地方看到母亲了。我努力压住思绪，使自己的心静了下来，窗外立刻传来潺潺的雨声，枕上也觉得微微有寒意。我起来拉开窗幔，一缕清光透进来。我向外怅望，希望发现母亲的足迹。但看到的却是每天看到的那一排窗户，现在都沉浸在静寂中，里面的梦该是甜蜜的吧！但我的梦却早飞得连影都没有了，只在心头有一线白色的微痕，蜿蜒出去，从这异域的小城一直到故乡大杨树下母亲的墓边；还在暗暗地替母亲担着心：这样的雨夜怎能跋涉这样长的路来看自己的儿子呢？

此外，眼前只是一片空漾，什么东西也看不到了。

天哪！连一个清清楚楚的梦都不给我吗？我怅望灰天，在泪光里，幻出母亲的面影。

一九三六年七月十一日于哥廷根

名师赏析

本文题为寻梦，实则是在追寻梦中母亲的身影。"仿佛从云堆里走下来"的母亲，出现在了"我"的梦中。梦里的场景看似凌乱，实则暗含逻辑。首先母亲出现在哥廷根自己现在住的屋子里，出现在自己现在熟悉的生活环境中，出现在自己每天看得到的景色之中。随后，"我"又随着母亲回到了故乡，到了故乡的大苇坑边，回忆起幼时夏天的清晨，回忆起摸鸭蛋的快乐，却又忽然想起母亲永远躺在杨树下的坟墓里。最后，这坟墓边出现的小花，又将自己带回到了哥廷根。场景重叠交错，似乎是母亲来到了哥廷根，又像是"我"回到了故乡。梦醒之后，心中只留一片怅然。简单细腻的文字，字里行间流露出的满是对母亲的彻骨思念。借景抒情，所描绘的每一景中，都塞满了母亲的身影，更充盈着"我"对母亲浓厚的思念。

白石

回 忆

　　回忆很不好说，究竟什么才算是回忆呢？我们时时刻刻沿了人生的路向前走着，时时刻刻有东西映入我们的眼里。——即如现在吧，我一抬头就可以看到清浅的水在水仙花盆里反射的冷光，漫在水里的石子的晕红和翠绿，茶杯里残茶在软柔的灯光下照出的几点金星。但是，一转眼，眼前的这一切，早跳入我的意想里，成轻烟，成细雾，成淡淡的影子，再看起来，想起来，说起来的话，就算是我的回忆了。

　　只说眼前这一步，只有这一点淡淡的影子，自然是迷离的。但是我自从踏到世界上来，走过不知多少的路。回望过去的茫茫里，有着我的足迹叠成的一条白线，一直引到现在，而且还要引上去。我走过都市的路，看尘烟缭绕在栉比的高屋的顶上。我走过乡村的路，看似水的流云笼罩着远村，看金海似的麦浪。我走过其他许许多多的路，看红的梅，白的雪，激滟的流水，十里稷稷的松鬈，死人的蜡黄的面色，小孩充满了生命力的踊跃。我在一条路上接触到种种的面影，熟悉的，不熟悉的。这一切的一切都在我走着的时候，蓦地成轻烟，成细雾，成淡淡的影子，储在我的回忆里。有的也就被埋在回忆的暗陬里，忘了。当我转向另一条路的时候，随时又有新的东西，另有一群面影凑集在我的眼前。蓦地又成轻烟，成细雾，成淡淡的影子，移入我的回忆里，自然也有的被埋在暗陬里，忘了。新的影子挤入来，又有旧的被挤到不知什么地方去幻灭，有的简直就被挤了出去。以后，当另一群更新的影子挤进来的时候，这新的也就追踪了旧的命运。就这样，挤出，挤进，一直到现在。我的回忆里残留着各样的影子，色彩。分不清先先后后，萦混成一团了。

我就带着这萦混的一团从过去的茫茫里走上来。现在抬头就可以看到水仙花盆里反射的水的冷光，水里石子的晕红和翠绿，残茶在灯下照出的几点金星。自然，前面已经说过，这些都要倏地变成影子，移入回忆里，移入这萦混的一团里，但是在未移动以前，这萦混的一团影子说不定就在我的脑海里浮动起来，我就自然陷入回忆里去了——陷入回忆里去，其实是很不费力的事。我面对着当前的事物。不知怎地，迷离里忽然电光似的一掣，立刻有灰蒙蒙的一片展开在我的意想里，仿佛是空空的，没有什么，但随便我想到曾经见过的什么，立刻便有影子浮现出来。跟着来的还不止一个影子，两个，三个，多，更多了。影子在穿梭，在萦混。又仿佛电光似的一掣，我又顺着一条线回忆下去——比如回忆到故乡里的秋吧。先仿佛看到满场里乱摊着的谷子，黄黄的。再看到左右摆动的老牛的头，飘浮着云烟的田野，屋后银白的一片秋芦。再沉一下心，还仿佛能听到老牛的喘气，柳树顶蝉的曳长了的鸣声。豆荚在日光下毕剥的炸裂声。蓦地，有如阴云漫过了田野，只在我的意想里一恍，在故乡里的这些秋的影子上面，又挤进来别的影子了——红的梅，白的雪，激滟的流水，十里稷稷的松壑，死人的蜡黄的面色，小孩充满了生命力的踊跃。同时，老牛的影，芦花的影，田野的影，也站在我的心里的一个角隅里。这许多的影子掩映着，混起来。我再不能顺着刚才的那条线想下去。又有许多别的历乱的影子在我的意念里跳动。如电光火石，眩了我的眼睛。终于我一无所见，一无所忆。仍然展开了灰蒙蒙的一片，空空的，什么也没有。我的回忆也就停止了。

　　我的回忆停止了，但是绝不能就这样停止下去的。我仍然说，我们时时刻刻沿着人生的路向前走着，时时刻刻就有回忆萦绕着我们。——再说到现在吧。灯光平流到我面前的桌上，书页映出了参差的黑影，看到这黑影，我立刻想到在过去不知什么时候看过的远山的淡影。玻璃杯反射着清光。看了这清光，我立刻想到月明下千里的积雪。我正写着字。看了这一颗颗的字，也使我想到阶下的蚁群……倘若再沉一下心，我可以想到过去在某处见过这样的山的淡影。在另一个地方也见过这样的影子，纷纷的一团。于是想了开去，想到同这影子差不多的影子。纷纷的一团。于是又想了开去，仍然是纷纷的一团影子。但是同这山的淡影，同这书页映出的参差的黑影却没有一点关系了。这些影子还没幻灭的时候，又有别的影子隐现在他们后面，朦胧，暗淡，有着各样的色彩。再往里看，又有一层影子隐现在这些影子后面，更朦胧，更暗淡，色彩也更繁复。……一层，一层，看上去，没有完。越远越暗淡了下去。到最后，只剩了那么一点绰绰的形象。就这样，在我的回忆里，一层一层地，这许许多多的影子，色彩，分不清先先后后，又萦混成一团了。

　　我仍然带了这萦混的一团影子走上去。倘若要问：这些影子都在什么地方呢？我却说不清了。往往是这样，一闭眼，先是暗冥冥的一片，再一看，里面就有影子。但再问：这暗冥冥的一片在什么地方呢？恐怕只有天知道吧。当我注视着一件东西发愣的时候，这些影子往往就叠在我眼前的东西上。在不经意的时候，我常把母亲的面影叠在茶杯上。把忘记在什么时候看见的一条长长的伸到水里去的小路叠在 Hölderlin 的全集上。把一树灿烂的海棠花叠在盛着花的土盆上。把大明湖里的塔影叠在桌上铺着的晶莹的清玻璃上。把晚秋黄昏的一天暮鸦叠在墙角的蜘蛛网上，把夏天里烈日下的火红的花团叠在窗外草地上半匍着的白雪上……然而，只要一经意，这些影子立刻又水纹似的幻化开去。同了这茶杯的，这 Hölderlin 全集的，这土盆的，这清玻璃的，这蜘蛛网的，这白雪的，影子，跳入我的回忆里，在将来的不知什么时候，又要叠在另一些放在我眼前的东西上了。

　　将来还没有来。而且也不好说。但是，我们眼前的路不正引向将来去吗？我看过了清浅的水在水仙花盆里反射的冷光，映在水里的石子的晕红和翠绿，残茶在软柔的灯光下照出的那几点金星。也看过了茶杯，Hölderlin 全集，土盆，清玻璃，蜘蛛网，白雪，第二天我自然看到另一些新的东西，第三天我自然看到另一些更新的东西。第四天，第五天……看到的东西多起来，这些东西都要倏地成轻烟，成细雾，成淡淡的影子，储在我的回忆里吧。这一团紫混的影子，也要更紫混了。等我不能再走，不能再看的时候，这一团也随了我走应当走的最后路。然而这时候，我却将一无所见，一无所忆。这一团影子幻失到什么地方去了呢？随了大明湖里的倒影飘散到迷茫里去了吗?随了远山的淡霭被吸入金色的黄昏里去了吗?说不清;而且也不必说。——反正我有过回忆了。我还希望什么呢?

1934年1月14日旧历年元旦灯下

名师赏析

回忆,早已融入我们的生命。作者将这个看不见摸不着的、甚至可以说是缥缈的事物写得如此的具体、如此的层次丰富,着实不易。作者笔下,回忆"成轻烟,成细雾,成淡淡的影子"的特征不断地重复,贯穿文本的始终。作者从眼前的情景写起,让读者看到回忆瞬间形成的特点;继而写到过往的经历,让读者感受到回忆在人生命中的新旧更迭、难分先后、萦混一团的特点。在回忆的过程中,我们能顺着自己的生命线找到过往的一幅幅图景,但终究还是如影子一样互相掩映。"我们时时刻刻沿着人生的路向前走着,时时刻刻就有回忆萦绕着我们",经历越丰富,回忆的影子越是层层叠加。看似萦混一团的过往,已经成了生命中不可或缺的一部分,构成了我们生命的轨迹和内心感受。作者发出感叹"我们眼前的路不正引向将来去吗?"让读者深切感受到时间让我们的生命一帧帧流动。因为有了回忆,生命也因此有了厚度。

园花寂寞红

楼前右边，前临池塘，背靠土山，有几间十分古老的平房，是清代保卫八大园的侍卫之类的人住的地方。整整四十年以来，一直住着一对老夫妇：女的是德国人，北大教员；男的是中国人，钢铁学院教授。我在德国时，已经认识了他们，算起来到今天已经将近六十年了，我们算是老朋友了。三十年前，我们的楼建成，我是第一个搬进来住的。从那以后，老朋友又成了邻居。有些往来，是必然的。逢年过节，互相拜访，感情是融洽的。

我每天到办公室去，总会看到这个个子不高的老人，蹲在门前临湖的小花园里，不是除草栽花，就是浇水施肥；再就是砍几竿门前屋后的竹子，扎成篱笆。嘴里叼着半支雪茄，笑眯眯的。忙忙碌碌，似乎乐在其中。

他种花很有一些特点。除了一些常见的花以外，他喜欢种外国种的唐菖蒲，还有颜色不同的名贵的月季。最难得的是一种特大的牵牛，比平常的牵牛要大一倍，宛如小碗口一般。每年春天开花时，颇引起行人的注目。据说，此花来头不小。在北京，只有梅兰芳家里有，齐白石晚年以画牵牛花闻名全世，临摹的就是梅府上的牵牛花。

我是颇喜欢一点花的。但是我既少空闲,又无水平。买几盆名贵的花,总养不了多久,就呜呼哀哉。因此,为了满足自己的美感享受,我只能像北京人说的那样看"蹭"花。现在有这样神奇的牵牛花,绚丽夺目的月季和唐菖蒲,就摆在眼前,我焉得不"蹭"呢?每到下班或者开会回来,看到老友在侍弄花,我总要停下脚步,聊上几句,看一看花。花美,地方也美,湖光如镜,杨柳依依,说不尽的旖旎风光,人在其中,顿觉尘世烦恼,一扫而光,仿佛遗世而独立了。

但是,世事往往有出人意料者。两个月前,我忽然听说,老友在夜里患了急病,不到几个小时,就离开了人间。我简直不敢相信,然而这又确是事实。我年届耄耋,阅历多矣,自谓已能做到"悲欢离合总无情"了。事实上并不是这样。我有情,有多得超过了需要的情,老友之死,我焉能无动于衷呢?"当时只道是寻常"这一句浅显而实深刻的词,又萦绕在我心中。

几天来,我每次走过那个小花园,眼前总仿佛看到老友的身影,嘴里叼着半根雪茄,笑眯眯的,蹲在那里,侍弄花草。这当然只是幻象。老友走了,永远永远地走了。我抬头看到那大朵的牵牛花和多姿多彩的月季花,她们失去了自己的主人。朵朵都低眉敛目,一脸寂寞相,好像"溅泪"的样子。她们似乎认出了我,知道我是自己主人的老友,知道我是自己的认真入迷的欣赏者,知道我是自己的知己。她们在微风中摇曳,仿佛向我点头,向我倾诉心中郁积的寂寞。

现在才只是夏末秋初。即使是寂寞吧,牵牛和月季仍然能够开花的。一旦秋风劲吹,落叶满山,牵牛和月季还能开下去吗?再过一些时候,冬天还会降临人间的。到了那时候,牵牛们和月季们只能被压在白皑皑的积雪下面的土里，做着春天的梦，连感到寂寞的机会都不会有了。

明年，春天总会重返大地的。春天总还是春天，她能让万物复苏，让万物再充满了活力。但是，这小花园的月季和牵牛花怎样呢？月季大概还能靠自己的力量长出芽来，也许还能开出几朵小花。然而护花的主人已不在人间。谁为她们施肥浇水呢？等待她们的不仅仅是寂寞，而是枯萎和死亡。至于牵牛花，没有主人播种，恐怕连幼芽也长不出来。她们将永远被埋在地中了。

我一想到这里，不禁悲从中来。眼前包围着月季和牵牛花的寂寞，也包围住了我。我不想再看到春天，我不想看到春天来时行将枯萎的月季，我不想看到连幼芽都冒不出来的牵牛。我虔心默祷上苍，不要再让春天降临人间了。如果非降临不行的话，也希望把我楼前池边的这一个小花园放过去，让这一块小小的地方永远保留夏末秋初的景象，就像现在这样。

一九九二年八月三十日

名师赏析

本篇看似写花，实则借园花抒发对老友的怀念。前半篇写的是园花和园花的主人，也是作者的老友。作者每日看见老友在花园中忙碌，乐在其中。而作者在看到老友与园花之时总会停下脚步与老友闲聊，也借此良机欣赏园花与风光。而在老友因病去世后，只剩下一园寂寞的花朵。后半篇中，作者每次走过小花园时，都会想起离世的故友，园中花朵似乎也在倾吐着她们的寂寞。作者不由想到未来的时光里，失去了主人庇护的花朵，不仅不能再感到寂寞，甚至不再拥有发芽的机会，只能枯萎、死亡。在这份对寂寞花朵的惋惜与心痛背后，藏着的是对友人故去的惋惜与心痛。借景抒情，看似是表达红花不再的惋惜，实则抒发故友离世后的悲伤与难过。

老少之间

在任何国家、任何时代的任何社会里,总都会有老年人和青少年人同时并存。从年龄上来说,这是社会的两极,中间是中年,这样一些不同年龄的阶层,共同形成了我们的社会,所谓芸芸众生者就是。

从社会方面来讲,这个模式是不变的,是固定的。但是,从每一个人来说,它却是不固定的,经常变动的。今天你是少年,转瞬就是中年。你如果不中途退席的话,前面还有一个老年阶段在等候着你。老年阶段以后呢?那谁都知道,用不着细说。

想要社会安定,就必须处理好这三个年龄阶段之间的关系,特别是社会两极的老年与少年的关系。现在人们有时候讲到"代沟"——我看这也是舶来品——有人说有,有人说无,我是承认有的。因为事实就是如此,是否认不掉的。而且从某种意义上来说,有"代沟"正标明社会在不断前进。如果不前进,"沟"从何来?

承认有"代沟",不就万事大吉。真要想保持社会的安定团结,还必须进一步对"沟"两边的具体情况加以分析。中年这一个中间阶段,我先不说,我只分析老少这两极。

一言以蔽之,这两极各有各的优缺点。老年人人生经历多,识多见广，这是优点。缺点往往是自以为是，执拗固执。动不动就是：我吃的盐比你吃的面还多，我走过的桥比你走过的路还长。个别人仕途失意，牢骚满腹："世人皆醉而我独醒，世人皆浊而我独清。"简直变成了九斤老太，唠唠叨叨，什么都是从前的好。结果惹得大家都不痛快。

我现在这里特别提出一个我个人观察到的老年人的缺点，就是喜欢说话，喜欢长篇发言。开一个会两小时，他先包办一半，甚至四分之三。别人不耐烦看表，他老眼昏花，不视不见，结果如何？一想便知。听说某大学有一位老教授。开会他一发言，有经验的人士就回家吃饭。酒足饭饱，回来看，老教授的发言还没有结束，仍然在那里"悬河泻水"哩。

因此，我对老年人有几句箴言：老年之人，血气已衰；煞车失灵，戒之在说。

至于年轻人，他们朝气蓬勃，进取心强。在他们眼前的道路上，仿佛铺满了玫瑰花。他们对任何事情都不畏缩，九天揽月，五洋捉鳖，易如反掌，唾手可得。这是一种非常可贵的精神，只能保护，不能挫伤。然而他们的缺点就正隐含在这种优点中。他们只看到玫瑰花的美，只闻到玫瑰花的香；他们却忘记了玫瑰花是带刺的，稍不留心，就会扎手。

那么，怎么办呢？我没有什么高招，我只有几句老生常谈：老年少年都要有自知之明，越多越好。老的不要"倚老卖老"，少的不要"倚少卖少"。后一句话是我杜撰出来的，我个人认为，这个杜撰是正确的。老少之间应当互相了解，理解，谅解。最重要的是谅解。有了这个谅解，我们社会的安定团结就有了保证。

一九九四年七月三日

名师赏析

　　正是因为有了"代沟"的存在,作者才有了关于老年和少年的思考。人生有多个阶段,作者在此只谈这两个阶段。"代沟",在作者的观念中并非惹人不快的事物,相反他认为这代表了社会的进步。重要的是,"代沟"两边的人如何相处,这才是作者写此文的意图。作者分析了老年和少年各自的优势和劣势。老年人"人生经历多,识多见广"与"自以为是,执拗固执"并存,少年人的"朝气蓬勃,进取心强"中隐藏着对困难和挫折的预期不足。这样的认知,才是社会安定的前提。所以作者提出解决问题的建议:老年少年"都要有自知之明,越多越好""应当互相了解,理解,谅解",指出"谅解"是社会安定的保证!作者的心里有一个渴望,老年人、少年人能互取所长、各避其短、和谐相处携手前进,社会才能实现真正的进步!

当时只道是寻常

　　这是一句非常明白易懂的话,却道出了几乎人人都有的感觉。所谓"当时"者,指人生过去的某一个阶段。处在这个阶段中时,觉得过日子也不过如此,是很寻常的。过了十几二十年或者更长的时间,回头一看,当时实在有不寻常者在。因此有人,特别是老年人,喜欢在回忆中生活。

　　在中国,这种情况更比较突出,魏晋时代的人喜欢做羲皇上人。这是一种什么心理呢?"鸡犬之声相闻,而老死不相往来",真就那么好吗?人类最初不会种地,只是采集植物,猎获动物,以此为生。生活是十分艰苦的。这样的生活有什么可向往的呢!

　　然而,根据我个人的经验,发思古之幽情,几乎是每个人都有的。到了今天,沧海桑田,世界有多少次巨大的变化。人们思古的情绪却依然没变。我举一个具体的例子。十几年前,我重访了我曾待过十年的德国哥廷根。我的老师瓦尔德施密特教授夫妇都还健在。但已今非昔比,房子捐给梵学研究所,汽车也已卖掉。他们只有一个独生子,二战中阵亡。此时老夫妇二人孤零零地住在一座十分豪华的养老院里。院里设备十分齐全,游泳池、网球场等等一应俱全。但是,这些设备对七八十岁、八九十岁的老人有什么用处呢?让老人们触目惊心的是,每隔一段时间就有某一个房号空了出来，主人见上帝去了。这对老人们的刺激之大是不言而喻的。我的来临大出教授的意料，他简直有点喜不自胜的意味。夫人摆出了当年我在哥廷根时常吃的点心。教授仿佛返老还童，回到了当年去了。他笑着说："让我们好好地过一过当年过的日子，说一说当年常说的话！"我含着眼泪离开了教授夫妇，嘴里说着连自己都不相信的话："过几年，我还会来看你们的。"

我的德国老师不会懂"当时只道是寻常"的隐含的意蕴，但是古今中外人士所共有的这种怀旧追忆的情绪却是有的。这种情绪通过我上面描述的情况完全流露出来了。

仔细分析起来，"当时"是很不相同的。国王有国王的"当时"，有钱人有有钱人的"当时"，平头老百姓有平头老百姓的"当时"。在李煜眼中，"当时"是车如流水马如龙，花月正春风游上林苑的"当时"。对此，他没有别的办法，只有哀叹"天上人间"了。

我不想对这个概念再进行过多的分析。本来是明明白白的一点真理，过多的分析反而会使它迷离模糊起来。我现在想对自己提出一个怪问题：你对我们的现在，也就是眼前这个现在，感觉到是寻常呢还是不寻常？这个"现在"，若干年后也会成为"当时"的。到了那时候，我们会不会说"当时只道是寻常"呢？现在无法预言。现在我住在医院中，享受极高的待遇。应该说，没有什么不满足的地方。但是，倘若扪心自问："你认为是寻常呢，还是不寻常？"我真有点说不出，也许只有到了若干年后，我才能说："当时只道是寻常。"

二〇〇三年六月二十日

名师赏析

  这篇短小的文章,是作者的一点人生感悟,从"当时只道是寻常"中品出了人生的"不寻常"。作者从这句话的字面意思入手做了清晰的解释,然后展开对这句话内涵的探究。因这句话道出了"人人都有的感觉",作者想到很多老人喜欢在回忆中生活。作者认为"古今中外人士所共有的这种怀旧追忆的情绪"一直存在,先从中国的怀念"羲皇上人"现象谈到有些"当时"不值得怀念,但人们的思古之幽情从未断绝过,后举例说德国老师也一样怀念"当时"的美好。再进一步,细思每个人的"当时"都有不同,所以感触也不同。这里隐含一点思考:"现在"其实也是不同的,"当时"是否值得怀念,其实取决于"现在"的境遇。作者提出了这个问题让读者思考,我们的"现在"是否值得感叹"当时只道是寻常"?"也许只有到了若干年后"才能做评价。相对而言,方才理解这句话的精髓!文章虽小,层次却多,思考深入。